U0840495

# 毛詩卷第十八

## 蕩之什詁訓傳第二十五　大雅　鄭氏箋

### 蕩

《蕩》，召穆公傷周室大壞也。厲王無道，天下蕩蕩，無綱紀文章，故作是詩也。

蕩蕩上帝，下民之辟。上帝，以託君王也。辟，君也。箋云：蕩蕩，法度廢壞之貌。厲王乃以此居人上，爲天下之君，言其無可則象之甚。疾威上帝，其命多辟。疾，病人矣。威，罪人矣。箋云：疾病人者，重賦斂也。威罪人者，峻刑法也。其政教又多邪辟，不由舊章。天生烝民，其命匪諶。靡不有初，鮮克有終。諶，誠也。箋云：烝，衆。鮮，寡。克，能也。天之生此衆民，其教道之，非當以誠信使之忠厚乎？今則不然，民始皆庶幾於善道，後更化於惡俗。

文王曰咨，咨女殷商。曾是彊禦，曾是掊克，曾是在位，曾是



在服。咨，嗟也。彊禦，彊梁禦善也。掊克，自伐而好勝人也。服，服政事也。箋云：厲王弭謗，穆公朝廷之臣，不敢斥言王之惡，故上陳文王，咨嗟殷紂以切刺之。女曾任用是惡人，使之處位執職事也。天降滔德，女興是力。天，君。滔，慢也。箋云：厲王施倨慢之化，女羣臣又相與而力爲之。言競於惡。

文王曰咨，咨女殷商。而秉義類，彊禦多懟。流言以對，寇攘式内。對，遂也。箋云：義之言宜也。類，善。式，用也。女執事之臣，宜用善人，反任彊禦衆懟爲惡者，皆流言謗毁賢者。王若問之，則又以對。寇盗攘竊爲姦宄者，而王信之，使用事於内。侯作侯祝，靡届靡究。作、祝，詛也。届，極。究，窮也。箋云：侯，維也。王與羣臣乖争而相疑，日祝詛求其凶咎無極已。

文王曰咨，咨女殷商。女炰烋于中國，斂怨以爲德。炰烋，猶彭亨也。箋云：炰烋，自矜氣健之貌。斂聚羣不逞作怨之人，謂之有德而任用之。不明爾德，時無背無側。背無臣，側無人也。箋云：無臣無人，謂賢者不用。爾德不明，以無

陪無卿。無陪貳也，無卿士也。

文王曰咨，咨女殷商。天不湎爾以酒，不義從式。義，宜也。箋云：式，法也。天不同女顏色以酒，有沈湎於酒者，是乃過也，不宜從而法行之。既愆爾止，靡明靡晦，式號式呼，俾晝作夜。使晝爲夜也。箋云：愆，過也。女既過沈湎矣，又不爲明晦，無有止息也，醉則號呼相效，用晝日作夜，不視政事。

文王曰咨，咨女殷商。如蜩如螗，如沸如羹。蜩，蟬也。螗，蝘也。箋云：飲酒號呼之聲，如蜩螗之鳴。其笑語沓沓，又如湯之沸、羹之方孰。小大近喪，人尚乎由行。言居人上，欲用行是道也。箋云：殷紂之時，君臣失道如此，且喪亡矣。時人化之甚，尚欲從而行之，不知其非。内奰于中國，覃及鬼方。奰，怒也。不醉而怒曰奰。鬼方，遠方也。箋云：此言時人忕於惡，雖有不醉，猶好怒也。

文王曰咨，咨女殷商。匪上帝不時，殷不用舊。箋云：此言紂之亂，非其生不得其時，乃不用先王之故法之所致。雖無老成人，尚有典刑。箋云：老成人，



謂若伊尹、伊陟、臣扈之屬。雖無此臣，猶有常事故法可案用也。曾是莫聽，大命以傾。箋云：莫，無也。朝廷君臣皆任喜怒，曾無用典刑治事者，以至誅滅。

文王曰咨，咨女殷商。人亦有言，顛沛之揭，枝葉未有害，本實先撥。顛，仆。沛，拔也。揭，見根貌。箋云：揭，蹶貌。撥，猶絶也。言大木揭然將蹶，枝葉未有折傷，其根本實先絶，乃相隨俱顛拔。喻紂之官職雖俱存，紂誅亦皆死。殷鑒不遠，在夏后之世。箋云：此言殷之明鏡不遠也，近在夏后之世，謂湯誅桀也。後武王誅紂。今之王者，何以不用爲戒？

《蕩》八章，章八句。

## 抑

《抑》，衛武公刺厲王，亦以自警也。自警者，如彼泉流，無淪胥以亡。

抑抑威儀，維德之隅。人亦有言，靡哲不愚。抑抑，密也。隅，廉也。

靡哲不愚，國有道則知，國無道則愚。箋云：人密審於威儀抑抑然，是其德必嚴正也。古之賢者，道行心平，可外占而知内。如宫室之制，内有繩直，則外有廉隅。今王政暴虐，賢者皆佯愚不爲，容貌如不肖然。庶人之愚，亦職維疾。哲人之愚，亦維斯戾。職，主。戾，罪也。箋云：庶，衆也。衆人性無知，以愚爲主，言是其常也。賢者而爲愚，畏懼於罪也。

無競維人，四方其訓之。有覺德行，四國順之。無競，競也。訓，教。覺，直也。箋云：競，彊也。人君爲政，無彊於得賢人。得賢人則天下教化，於其俗有大德行，則天下順從其政。言在上所以倡道。訏謨定命，遠猶辰告。訏，大。謨，謀。猶，道。辰，時也。箋云：猶，圖也。大謀定命，謂正月始和，布政于邦國都鄙也。爲天下遠圖庶事，而以歲時告施之。敬慎威儀，維民之則。箋云：則，法也。

其在于今，興迷亂于政。顛覆厥德，荒湛于酒。箋云：于今，謂今厲王也。興，猶尊尚也。王尊尚小人，迷亂於政事者，以傾敗其功德，荒廢其政事，又湛樂於酒。言愛小人之甚。女雖湛樂從，弗念厥紹。罔敷求先王，克共明刑。紹，繼。共，執。刑，法也。箋云：罔，無也。女君臣雖好樂嗜酒而相從，不當念繼女之後人將傚女所爲，無廣索先王之道與能執法度之人乎？切責之也。

肆皇天弗尚，如彼泉流，無淪胥以亡。淪，率也。箋云：肆，故今也。胥，皆也。王爲政如是，故今皇天不高尚之，所謂仍下災異也。王自絶於天，如泉水之流，稍就虚竭，無見率引爲惡，皆與之以亡。戒羣臣不中行者，將并誅之。夙興夜寐，洒埽庭内，維民之章。洒，灑。章，表也。箋云：章，文章法度也。厲王之時，不恤政事，故戒羣臣掌事者以此也。脩爾車馬，弓矢戎兵，用戒戎作，用逷蠻方。逷，遠也。箋云：逷當作剔。剔，治也。蠻方，蠻畿之外也。此時中國微弱，故復戒將率之臣以治軍實，女當用此備兵事之起，用此治九州之外不服者。

質爾人民，謹爾侯度，用戒不虞。質，成也。不虞，非度也。箋云：侯，君也。此時萬民失職，亦不肯趨公事，故又戒鄉邑之大夫及邦國之君，平女萬民之事，慎女爲君之法度，用備不億度而至之事。慎爾出話，敬爾威儀，無不柔嘉。話，善言也。箋云：

言，謂教令也。柔，安。嘉，善也。**白圭之玷，尚可磨也，斯言之玷，不可爲也。**玷，缺也。箋云：斯，此也。玉之缺，尚可磨鑢而平，人君政教一失，誰能反覆之？**無易由言，無曰苟矣。莫捫朕舌，言不可逝矣。**莫，無。捫，持也。箋云：由，於。逝，往也。女無輕易於教令，無曰苟且如是。今人無持我舌者，而自輕恣也。教令一往行於下，其過誤可得而已之乎！**無言不讎，無德不報。惠于朋友，庶民小子。**讎，用也。箋云：惠，順也。教令之出如賣物，物善則其售賈貴，物惡則其售賈賤。德加於民，民則以義報之。王又當施順道於諸侯，下及庶民之子弟。**子孫繩繩，萬民靡不承。**箋云：繩繩，戒也。王之子孫敬戒行王之教令，天下之民不承順之乎？言承順也。

**視爾友君子，輯柔爾顔，不遐有愆。**輯，和也。箋云：柔，安。遐，遠也。今視女之諸侯及卿大夫，皆脅肩諂笑，以和安女顔色，是於正道不遠有罪過乎？言其近也。**相在爾室，尚不愧于屋漏。無曰不顯，莫予云覯。**西北隅謂之屋漏。覯，見也。箋云：相，助。顯，明也。諸侯卿大夫助祭，在女宗廟之室，尚無肅敬之心，不慙媿於屋漏有神見




人之爲也。女無謂是幽昧不明，無見我者。神見女矣。屋，小帳也。漏，隱也。禮，祭於奥，既畢，改設饌於西北隅而厞隱之處。此祭之末也。**神之格思，不可度思，矧可射思。**格，至也。箋云：矧，況。射，厭也。神之來至去止，不可度知，況可於祭末而有厭倦乎！

**辟爾爲德，俾臧俾嘉。淑慎爾止，不愆于儀。不僭不賊，鮮不爲則。**女爲善則民爲善矣。止，至也。爲人君止於仁，爲人臣止於敬，爲人子止於孝，爲人父止於慈，與國人交止於信。僭，差也。箋云：辟，法也。止，容止也。當審法度女之施德，使之爲民臣所善所美，又當善慎女之容止，不可過差於威儀。女所行，不不信、不殘賊者少矣，其不爲人所法。**投我以桃，報之以李。**箋云：此言善往則善來，人無行而不得其報也。投，猶擲也。**彼童而角，實虹小子。**童，羊之無角者也。而角，自用也。虹，潰也。箋云：童羊，譬王后也，而角者，喻與政事有所害也。此人實潰亂小子之政。《禮》：「天子未除喪稱小子。」

**荏染柔木，言緡之絲。温温恭人，維德之基。**緡，被也。温温，寬柔也。箋云：柔忍之木荏染然，人則被之弦以爲弓。寬柔之人温温然，則能爲德之基止。言内有其性，

乃可以有爲德也。其維哲人，告之話言。順德之行。其維愚人。覆謂我僭，民各有心。話言，古之善言也。箋云：覆，猶反也。僭，不信也。語賢知之人以善言則順行之，告愚人反謂我不信，民各有心，二者意不同。

於乎小子，未知臧否。匪手攜之，言示之事。匪面命之，言提其耳。箋云：臧，善也。於乎，傷王不知善否。我非但以手攜挈之，親示以其事之是非。我非但對面語之，親提撕其耳。此言以教道之孰，不可啟覺。借曰未知，亦既抱子。借，假也。箋云：假令人云：王尚幼少，未有所知，亦以抱子長大矣，不幼少也。民之靡盈，誰夙知而莫成？莫，晚也。箋云：萬民之意，皆持不滿於王，誰早有所知而反晚成與？言王之無成，本無知故也。

昊天孔昭，我生靡樂。視爾夢夢，我心慘慘。夢夢，亂也。慘慘，憂不樂也。箋云：孔，甚。昭，明也。昊天乎，乃甚明察。我生無可樂也，視王之意夢夢然，我心之憂悶慘慘然。愬其自恣，不用忠臣。誨爾諄諄，聽我藐藐。匪用爲教，覆用爲虐。藐藐然，不入也。箋云：我教告王，口語諄諄然，王聽聆之藐藐然忽略，不用我所言爲政令，反謂之有妨害於事，不受忠言。借曰未知，亦聿既耄。耄，老也。

於乎小子，告爾舊止，聽用我謀，庶無大悔。箋云：舊，久也。止，辭也。庶，幸。悔，恨也。天方艱難，曰喪厥國。箋云：天以王爲惡如是，故出艱難之事，謂下災異，生兵寇，將以滅亡。取譬不遠，昊天不忒。回遹其德，俾民大棘。箋云：今我爲王取譬喻乃不遠也，維近耳。王當如昊天之德有常，不差忒也。王反爲無常，維邪其行，爲貪暴，使民之財匱盡而大困急。

《抑》十二章，三章章八句，九章章十句。

## 桑柔

《桑柔》，芮伯刺厲王也。芮伯，畿内諸侯，王卿士也，字良夫。

菀彼桑柔，其下侯旬。捋采其劉，瘼此下民。興也。菀，茂貌。旬，

言陰均也。劉，爆，爍而希也。瘼，病也。箋云：桑之柔濡，其葉菀然茂盛，謂蠶始生時也。人庇陰其下者，均得其所。及已捋采之，則葉爆爍而疏，人息其下則病於爆爍。興者，喻民當被王之恩惠，羣臣恣放，損王之德。**不殄心憂，倉兄填兮。**倉，喪也。兄，滋也。填，久也。箋云：殄，絶也。民心之憂無絶已，喪亡之道滋久長。**倬彼昊天，寧不我矜。**昊天，斥王者也。箋云：倬，明大貌。昊天乃倬然明大，而不矜哀下民怨愬之言。

**四牡騤騤，旟旐有翩。亂生不夷，靡國不泯。**騤騤，不息也。鳥隼曰旟，龜蛇曰旐。翩翩，在路不息也。夷，平。泯，滅也。箋云：軍旅久出征伐，而亂日生不平，無國而不見殘滅也。言王之用兵，不得其所，適長寇虐。**民靡有黎，具禍以燼。**黎，齊也。箋云：黎，不齊也。具，猶俱也。災餘曰燼。言時民無有不齊被兵寇之害者，俱遇此禍，以爲燼者，言害所及廣。**於乎有哀，國步斯頻。**步，行。頻，急也。箋云：頻，猶比也。哀哉，國家之政，行此禍害比比然。

**國步蔑資，天不我將。靡所止疑，云徂何往？**疑，定也。箋云：蔑，猶輕也。將，猶養也。徂，行也。國家爲政，行此輕蔑民之資用，是天不養我也。我從兵役，無有止息時。今復云行，當何之往也。**君子實維，秉心無競。誰生厲階？至今爲梗。**競，彊。厲，惡。梗，病也。箋云：君子，謂諸侯及卿大夫也。其執心不彊於善，而好以力爭。誰始生此禍者，乃至今日相梗不止。

**憂心慇慇，念我土宇。我生不辰，逢天僤怒。自西徂東，靡所定處。**宇，居。僤，厚也。箋云：辰，時也。此士卒從軍久，勞苦自傷之言。**多我覯痻，孔棘我圉。**圉，垂也。箋云：痻，病也。圉當作禦。多矣我之遇困病，甚急矣我之禦寇之事。

**爲謀爲毖，亂況斯削。**毖，慎也。箋云：女爲軍旅之謀，爲重慎兵事也。而亂滋甚於此，日見侵削，言其所任非賢。**告爾憂恤，誨爾序爵。誰能執熱，逝不以濯？**濯，所以救熱也。禮，亦所以毖亂也。箋云：恤，亦憂也。逝，猶去也。我語女以憂天下之憂，教女以次序賢能之爵，其爲之當如手持熱物之用濯，謂治國之道當用賢者。**其何能淑？載胥及溺。**箋云：淑，善。胥，相。及，與也。女若云：此於政事，何能善乎？則女

君臣皆相與陷溺於禍難。

如彼遡風，亦孔之僾。民有肅心，荓云不逮。好是稼穡，力民代食。遡，鄉。僾，唈。荓，使也。力民代食，代無功者食天祿也。箋云：肅，進。逮，及也。今王之爲政，見之使人唈然，如鄉疾風，不能息也。王爲政，民有進於善道之心，當任用之，反卻退之，使不及門。但好任用是居家之吝嗇，於聚斂作力之人，令代賢者處位食祿。明王之法，能治人者食於人，不能治人者食人。《禮記》曰：「與其有聚斂之臣，寧有盜臣。聚斂之臣害民，盜臣害財。」稼穡維寶，代食維好。箋云：此言王不尚賢，但貴吝嗇之人與愛代食者而已。

天降喪亂，滅我立王。降此蟊賊，稼穡卒痒。箋云：滅，盡也。蟲食苗根曰蟊，食節曰賊。耕種曰稼，收斂曰穡。卒，盡。痒，病也。天下喪亂，國家之災，以窮盡我王所恃而立者，謂蟲孽爲害，五穀盡病。哀恫中國，具贅卒荒。靡有旅力，以念穹蒼。贅，屬。荒，虛也。穹蒼，蒼天。箋云：恫，痛也。哀痛乎，中國之人，皆見繫屬於兵役，家家空虛，朝廷曾無有同力諫諍，念天所爲下此災。



維此惠君，民人所瞻。秉心宣猶，考慎其相。相，質也。箋云：惠，順。宣，徧。猶，謀。慎，誠。相，助也。維至德順民之君，爲百姓所瞻仰者，乃執正心，舉事徧謀於衆，又考誠其輔相之行，然後用之。言擇賢之審。維彼不順，自獨俾臧，自有肺腸，俾民卒狂。箋云：臧，善也。彼不施順道之君，自多足，獨謂賢，言其所任使之臣皆善人也。不復考慎，自有肺腸行其心中之所欲，乃使民盡迷惑如狂，是又不宣猶。

瞻彼中林，甡甡其鹿。朋友已譖，不胥以穀。甡甡，衆多也。箋云：譖，不信也。胥，相也。以，猶與也。穀，善也。視彼林中，其鹿相輩耦行，甡甡然衆多。今朝廷羣臣相欺背，不相與以善道，言其鹿之不如。人亦有言，進退維谷。谷，窮也。箋云：前無明君，卻迫罪役，故窮也。

維此聖人，瞻言百里。維彼愚人，覆狂以喜。瞻言百里，遠慮也。箋云：聖人所視而言者百里，言見事遠而王不用。有愚闇之人爲王言其事，淺且近耳，王反迷惑信用之而喜。匪言不能，胡斯畏忌？箋云：胡之言何也。賢者見此事之是非，非不能分別皂

白言之於王也，然不言之，何也？此畏懼犯顏得罪罰。

**維此良人，弗求弗迪。維彼忍心，是顧是復。**迪，進也。箋云：良，善也。國有善人，王不求索，不進用之。有忍爲惡之心者，王反顧念而重復之，言其忽賢者而愛小人。

**民之貪亂，寧爲荼毒。**箋云：貪，猶欲也。天下之民，苦王之政，欲其亂亡，故安爲苦毒之行，相侵暴慍恚使之然。

**大風有隧，有空大谷。**隧，道也。箋云：西風謂之大風。大風之行，有所從而來，必從大空谷之中，喻賢愚之所行，各由其性。**維此良人，作爲式穀。維彼不順，征以中垢。**中垢，言闇冥也。箋云：作，起。式，用。征，行也。賢者在朝則用其善道，不順之人則行闇冥，受性於天，不可變也。

**大風有隧，貪人敗類。聽言則對，誦言如醉。**類，善也。箋云：類，等夷也。對，荅也。貪惡之人，見道聽之言則應荅之，見誦《詩》、《書》之言則冥卧如醉。居上位而行此，人或效之。**匪用其良，覆俾我悖。**覆，反也。箋云：居上位而不用善，反使我爲悖逆之行，是形其敗類之驗。

**嗟爾朋友，予豈不知而作。如彼飛蟲，時亦弋獲。**箋云：嗟爾朋友者，親而切磋之也。而，猶女也。我豈不知女所行者惡與，直知之。女所行如是，猶鳥飛行，自恣東西南北時，亦爲弋射者所得。言放縱久，無所拘制，則將遇伺女之間者得誅女也。**既之陰女，反予來赫。**赫，炙也。箋云：之，往也。口距人謂之赫。我恐女見弋獲，既往覆陰女，謂啟告之以患難也，女反赫我，出言悖怒，不受忠告。

**民之罔極，職涼善背。**涼，薄也。箋云：職，主。涼，信也。民之行失其中者，主由爲政者信用小人，工相欺違。**爲民不利，如云不克。**箋云：克，勝也。爲政者害民，如恐不得其勝，言至酷也。**民之回遹，職競用力。**箋云：競，逐也。言民之行維邪者，主由爲政者逐用彊力相尚故也。言民愁困，用生多端。

**民之未戾，職盜爲寇。**戾，定也。箋云：爲政者主作盜賊爲寇害，令民心動摇不安定也。**涼曰不可，覆背善詈。**箋云：善，猶大也。我諫止之以信，言女所行者不可，

反背我而大詈。言距己諫之甚。雖曰匪予，既作爾歌。箋云：予，我也。女雖觝距己言，此政非我所爲。我已作女所行之歌，女當受之而改悔。

《桑柔》十六章，八章章八句，八章章六句。

## 雲漢

《雲漢》，仍叔美宣王也。宣王承厲王之烈，内有撥亂之志，遇烖而懼，側身脩行，欲銷去之。天下喜於王化復行，百姓見憂，故作是詩也。仍叔，周大夫也。《春秋》魯桓公五年「夏，天王使仍叔之子來聘」。烈，餘也。

倬彼雲漢，昭回于天。回，轉也。箋云：雲漢，謂天河也。昭，光也。倬然天河水氣也，精光轉運於天。時旱渴雨，故宣王夜仰視天河，望其候焉。王曰於乎，何辜今之人？天降喪亂，饑饉薦臻。薦，重。臻，至也。箋云：辜，罪也。王憂旱而嗟歎云：何罪與，今時天下之人？天仍下旱災，亡亂之道，饑饉之害，復重至也。靡神不舉，靡愛斯牲。圭璧既卒，寧莫我聽。箋云：靡、莫，皆無也。言王爲旱之故，求於羣神，無不祭也。無所愛於三牲，禮神之圭璧又已盡矣，曾無聽聆我之精誠而興雲雨。

旱既大甚，蘊隆蟲蟲。蘊蘊而暑，隆隆而雷，蟲蟲而熱。箋云：隆隆而雷，非雨雷也，雷聲尚殷殷然。不殄禋祀，自郊徂宫。上下奠瘞，靡神不宗。上祭天，下祭地，奠其禮，瘞其物。宗，尊也。國有凶荒，則索鬼神而祭之。箋云：宫，宗廟也。爲旱故絜祀不絶，從郊而至宗廟，奠瘞天地之神，無不齊肅而尊敬之。言徧至也。后稷不克，上帝不臨。耗斁下土，寧丁我躬。丁，當也。箋云：克當作刻。刻，識也。斁，敗也。奠瘞羣神而不得雨，是我先祖后稷不識知我之所困與？天不視我之精誠與？猶以旱耗敗天下爲害，曾使當我之身有此乎？先后稷，後上帝，亦從宫之郊。

旱既大甚，則不可推。兢兢業業，如霆如雷。周餘黎民，靡有孑遺。推，去也。兢兢，恐也。業業，危也。孑然遺失也。箋云：黎，衆也。旱既不可移去，天下困於饑饉，皆心動意懼，兢兢然，業業然，狀如有雷霆近發於上，周之衆民多有死亡者矣。今

其餘無有孑遺者，言又餓病也。**昊天上帝，則不我遺。胡不相畏？先祖于摧。**摧，至也。箋云：摧當作嗺。嗺，嗟也。天將遂旱餓殺我與？先祖何不助我恐懼，使天雨也？先祖之神于嗟乎！告困之辭。

**旱既大甚，則不可沮。赫赫炎炎，云我無所。大命近止，靡瞻靡顧。**沮，止也。赫赫，旱氣也。炎炎，熱氣也。大命近止，民近死亡也。箋云：旱既不可卻止，熱氣大盛，人皆不堪言。我無所芘陰而處，衆民之命近將死亡，天曾無所視，無所顧，於此國中而哀閔之。**羣公先正，則不我助。父母先祖，胡寧忍予。**先正，百辟卿士也。先祖，文、武，爲民父母也。箋云：百辟卿士，雩祀所及者，今曾無肯助我憂旱。先祖文、武，又何爲施忍於我，不使天雨？

**旱既大甚，滌滌山川。旱魃爲虐，如惔如焚。我心憚暑，憂心如薰。**滌滌，旱氣也。山無木，川無水。魃，旱神也。惔，燎之也。憚，勞。熏，灼也。箋云：憚，猶畏也。旱既害於山川矣，其氣生魃而害益甚。草木燋枯，如見焚燎然。王心又畏難此熱氣，如灼爛於火，言熱氣至極。**羣公先正，則不我聞。昊天上帝，寧俾我遯。**箋云：



不我聞者，忽然不聽我之所言也。天曾將使我心遯遯慙愧於天下，以無德也。

**旱既大甚，黽勉畏去。胡寧瘨我以旱？憯不知其故。**箋云：瘨，病也。黽勉，急禱請也。欲使所尤畏者去。所尤畏者，魃也。天何曾病我以旱，曾不知爲政所失而致此害。**祈年孔夙，方社不莫。昊天上帝，則不我虞。敬恭明神，宜無悔怒。**悔，恨也。箋云：虞，度也。我祈豐年甚早，祭四方與社又不晚，天曾不度知我心，肅事明神如是，明神宜不恨怒於我，我何由當遭此旱也？

**旱既大甚，散無友紀。鞫哉庶正，疚哉冢宰。趣馬師氏，膳夫左右。**歲凶，年穀不登，則趣馬不秣，師氏弛其兵，馳道不除，祭事不縣，膳夫徹膳，左右布而不脩，大夫不食粱，士飲酒不樂。箋云：人君以羣臣爲友。散無其紀者，凶年祿餼不足，又無賞賜也。鞫，窮也。庶正，衆官之長也。疚，病也。窮哉病哉者，念此諸臣勤於事而困於食，以此言勞倦也。**靡人不周，無不能止。**周，救也。無不能止，言無止不能也。箋云：周當作

賙。王以諸臣困於食，人人賙給之，權救其急。後日乏無，不能豫止。**瞻卬昊天，云如何里。**箋云：里，憂也。王愁悶於不雨，但仰天曰：當如我之憂何。

**瞻卬昊天，有嘒其星。大夫君子，昭假無贏。大命近止，無棄爾成。**嘒，衆星貌。假，至也。箋云：假，升也。王仰天，見衆星順天而行，嘒嘒然，意感，故謂其卿大夫曰：天之光耀，升行不休，無自贏緩之時。今衆民之命近將死亡，勉之助我，無棄女之成功者，若其在職，復無幾何，以勸之也。**何求爲我，以戾庶正。**戾，定也。箋云：使女無棄成功者，何但求爲我身乎？乃欲以安定衆官之長，憂其職事。**瞻卬昊天，曷惠其寧。**箋云：曷，何也。王仰天曰：當何時順我之求，令我心安乎？渴雨之至也，得雨則心安。

《雲漢》八章，章十句。

## 崧高

《崧高》，尹吉甫美宣王也。天下復平，能建國親諸侯，褒賞



申伯焉。尹吉甫、申伯，皆周之卿士也。尹，官氏。申，國名。

**崧高維嶽，駿極于天。維嶽降神，生甫及申。**崧，高貌。山大而高曰崧。嶽，四嶽也。東嶽岱，南嶽衡，西嶽華，北嶽恒。堯之時，姜氏爲四伯，掌四嶽之祀，述諸侯之職。於周則有甫、有申、有齊、有許也。駿，大。極，至也。嶽降神靈，和氣以生，申、甫之大功。箋云：降，下也。四嶽，卿士之官掌四時者也。因主方嶽巡守之事，在堯時，姜姓爲之，德當嶽神之意，而福興其子孫，歷虞、夏、商，世有國土，周之甫也、申也、齊也、許也，皆其苗胄。**維申及甫，維周之翰。四國于蕃，四方于宣。**翰，幹也。箋云：申，申伯也。甫，甫侯也。皆以賢知入爲周之楨榦之臣。四國有難，則往扞禦之，爲之蕃屏。四方恩澤不至，則往宣暢之。甫侯相穆王，訓夏贖刑，美此俱出四嶽，故連言之。

**亹亹申伯，王纘之事。于邑于謝，南國是式。**謝，周之南國也。箋云：亹亹，勉也。纘，繼。于，往。于，於。法，式也。亹亹然勉於德不倦之臣有申伯，以賢人爲王之卿士，佐王有功。王又欲使繼其故諸侯之事，往作邑於謝，南方之國皆統理施其法度。時改大其邑，使

爲侯伯，故云然。王命召伯，定申伯之宅，登是南邦，世執其功。召伯，召公也。登，成也。功，事也。箋云：之，往也。申伯忠臣，不欲離王室，故王使召公定其意，令往居謝，成法度於南邦，世世持其政事，傳子孫也。

王命申伯，式是南邦，因是謝人，以作爾庸。庸，城也。箋云：庸，功也。召公既定申伯之居，王乃親命之，使爲法度於南邦。今因是故謝邑之人而爲國，以起女之功勞，言尤章顯也。王命召伯，徹申伯土田。徹，治也。箋云：治者，正其井牧，定其賦税。王命傅御，遷其私人。御，治事之官也。私人，家臣也。箋云：傅御者，貳王治事，謂冢宰也。

申伯之功，召伯是營。有俶其城，寢廟既成。俶，作也。箋云：申伯居謝之事，召公營其位，而作城郭及寢廟，定其人神所處。既成藐藐，王錫申伯。四牡蹻蹻，鉤膺濯濯。藐藐，美貌。蹻蹻，壯貌。鉤膺，樊纓也。濯濯，光明也。箋云：召公營位，築之已成，以形貌告於王。王乃賜申伯，爲將遣之。

王遣申伯，路車乘馬。我圖爾居，莫如南土。乘馬，四馬也。箋云：王以正禮遣申伯之國，故復有車馬之賜。因告之曰：我謀女之所處，無如南土之最善。錫爾介圭，以作爾寶。寶，瑞也。箋云：圭長尺二寸謂之介。非諸侯之圭，故以爲寶。諸侯之瑞圭自九寸而下。往近王舅，南土是保。近，已也。申伯，宣王之舅也。箋云：近，辭也。聲如「彼記之子」之記。保，守也，安也。

申伯信邁，王餞于郿。郿，地名。箋云：邁，行也。申伯之意不欲離王室，王告語之復重，於是意解而信行。餞，送行飲酒也。時王蓋省岐周，故于郿云。申伯還南，謝于誠歸。箋云：還南者，北就王命于岐周而還反也。謝于誠歸，誠歸于謝。王命召伯，徹申伯土疆。以峙其粻，式遄其行。箋云：粻，糧。式，用。遄，速也。王使召公治申伯土界之所至，峙其糧者，令廬市有止宿之委積，用是速申伯之行。

申伯番番，既入于謝，徒御嘽嘽。番番，勇武貌。諸侯有大功則賜虎賁徒御。嘽嘽，徒行者、御車者嘽嘽喜樂也。箋云：申伯之貌有威武番番然，其入謝國，車徒之行嘽嘽安舒，言得禮也。禮，入國不馳。周邦咸喜，戎有良翰。箋云：周，徧也。戎，猶女也。

翰，榦也。申伯入謝，徧邦内皆喜曰：女乎有善君也。相慶之言。不顯申伯，王之元舅，文武是憲。不顯申伯，顯矣申伯也。文武是憲，言有文有武也。箋云：憲，表也。言爲文武之表式。

申伯之德，柔惠且直。揉此萬邦，聞于四國。箋云：揉，順也。四國，猶言四方也。吉甫作誦，其詩孔碩。其風肆好，以贈申伯。吉甫，尹吉甫也。作是工師之誦也。肆，長也。贈，增也。箋云：碩，大也。吉甫爲此誦也。言其詩之意甚美大，風切申伯，又使之長行善道。以此贈申伯者，送之令以爲樂。

《崧高》八章，章八句。

## 烝民

《烝民》，尹吉甫美宣王也。任賢使能，周室中興焉。

天生烝民，有物有則。民之秉彝，好是懿德。烝，衆。物，事。則，法。彝，



常。懿，美也。箋云：秉，執也。天之生衆民，其性有物象，謂五行仁、義、禮、智、信也。其情有所法，謂喜、怒、哀、樂、好、惡也。然而民所執持有常道，莫不好有美德之人。天監有周，昭假于下。保兹天子，生仲山甫。仲山甫，樊侯也。箋云：監，視。假，至也。天視周王之政教，其光明乃至于下，謂及衆民也。天安愛此天子宣王，故生樊侯仲山甫，使佐之。言天亦好是懿德也。《書》曰：「天聰明自我民聰明。」

仲山甫之德，柔嘉維則。令儀令色，小心翼翼。箋云：嘉，美。令，善也。善威儀，善顏色容貌，翼翼然恭敬。古訓是式，威儀是力。天子是若，明命使賦。古，故。訓，道。若，順。賦，布也。箋云：故訓，先王之遺典也。式，法也。力，猶勤也。勤威儀者，恪居官次，不解于位也。是順從行其所爲也。顯明王之政教，使羣臣施布之。

王命仲山甫，式是百辟。纘戎祖考，王躬是保。戎，大也。箋云：戎，猶女也。躬，身也。王曰：女施行法度於是百君，繼女先祖先父始見命者之功德，王身是安。使盡心力於王室。出納王命，王之喉舌。賦政于外，四方爰發。喉舌，冢宰也。

箋云：出王命者，王口所自言，承而施之也。納王命者，時之所宜復於王也。其行之也，皆奉順其意，如王口喉舌親所言也。以布政於畿外，天下諸侯，於是莫不發應。

肅肅王命，仲山甫將之。邦國若否，仲山甫明之。將，行也。箋云：肅肅，敬也。言王之政教甚嚴敬也，仲山甫則能奉行之。若，順也。順否，猶臧否，謂善惡也。既明且哲，以保其身。夙夜匪解，以事一人。箋云：夙，早。夜，莫。匪，非也。一人，斥天子。

人亦有言，柔則茹之，剛則吐之。箋云：柔，猶濡毳也。剛，堅彊也。剛柔之在口，或茹之，或吐之，喻人之於敵彊弱。維仲山甫，柔亦不茹，剛亦不吐。不侮矜寡，不畏彊禦。

人亦有言，德輶如毛，民鮮克舉之。我儀圖之，儀，宜也。箋云：輶，輕。儀，匹也。人之言云：德甚輕然，而衆人寡能。獨舉之以行者，言政事易耳。而人不能行者，無其志也。我與倫匹圖之，而未能爲也。我，吉甫自我也。維仲山甫舉之，愛莫助之。愛，隱也。箋云：愛，惜也。仲山甫能獨舉此德而行之，惜乎莫能助之者。多仲山甫之德，歸功



言耳。衮職有闕，維仲山甫補之。有衮冕者，君之上服也，仲山甫補之，善補過也。箋云：衮職者，不敢斥王之言也。王之職有闕，輒能補之者，仲山甫也。

仲山甫出祖，四牡業業，征夫捷捷，每懷靡及。言述職也。業業，言高大也。捷捷，言樂事也。箋云：祖者，將行犯軷之祭也。懷私爲每懷。仲山甫犯軷而將行，車馬業業然動，衆行夫捷捷然至，仲山甫則戒之曰：既受君命，當速行。每人懷其私而相稽留，將無所及於事。四牡彭彭，八鸞鏘鏘。王命仲山甫，城彼東方。東方，齊也。古者諸侯之居逼隘，則王者遷其邑而定其居，蓋去薄姑而遷於臨菑也。箋云：彭彭，行貌。鏘鏘，鳴聲。以此車馬命仲山甫使行，言其盛也。

四牡騤騤，八鸞喈喈。仲山甫徂齊，式遄其歸。騤騤，猶彭彭也。喈喈，猶鏘鏘也。遄，疾也。言周之望仲山甫也。箋云：望之，故欲其用是疾歸。吉甫作誦，穆如清風。仲山甫永懷，以慰我心。清微之風，化養萬物者也。箋云：穆，和也。

吉甫作此工歌之誦，其調和人之性，如清風之養萬物然。仲山甫述職，多所思而勞，故述其美以慰安其心。

《烝民》八章，章八句。

## 韓奕

**《韓奕》，尹吉甫美宣王也。能錫命諸侯。**梁山於韓國之山最高大，爲國之鎮，祈望祀焉，故美大其貌奕奕然，謂之韓奕也。梁山，今左馮翊夏陽西北。韓，姬姓之國也，後爲晉所滅，故大夫韓氏以爲邑名焉。幽王九年，王室始騷。鄭桓公問於史伯曰：「周衰，其孰興乎？」對曰：「武實昭文之功，文之祚盡，武其嗣乎？武王之子，應韓不在，其晉乎？」

**奕奕梁山，維禹甸之。有倬其道，韓侯受命，**奕奕，大也。甸，治也。禹治梁山，除水災。今宣王平大亂，命諸侯。有倬其道，有倬然之道者也。受命，受命爲侯伯也。箋云：梁山之野，堯時俱遭洪水。禹甸之者，決除其災，使成平田，定貢賦於天子。周有厲王之



亂，天下失職。今有倬然著明復禹之功者韓侯，受王命爲侯伯。**王親命之：「纘戎祖考，無廢朕命。夙夜匪解，虔共爾位。**戎，大。虔，固。共，執也。箋云：戎，猶女也。朕，我也。古之恭字或作「共」。**朕命不易，榦不庭方，以佐戎辟。」**庭，直也。箋云：我之所命者，勿改易不行，當爲不直，違失法度之方，作楨榦而正之，以佐助女君。女君，王自謂也。

**四牡奕奕，孔脩且張。韓侯入覲，以其介圭，入覲于王。**脩，長。張，大。覲，見也。箋云：諸侯秋見天子曰覲。韓侯乘長大之四牡，奕奕然以時覲於宣王。覲於宣王而奉享禮，貢國所出之寶，善其尊宣王，以常職來也。《書》曰：「黑水西河，其貢璆琳琅玕。」此覲乃受命，先言受命者，顯其美也。**王錫韓侯，淑旂綏章，簟茀錯衡，玄衮赤舃，鉤膺鏤錫，鞹鞃淺幭，鞗革金厄。**淑，善也。交龍爲旂。綏，大綏也。錯衡，文衡也。鏤錫，有金鏤其錫也。鞹，革也。鞃，軾中也。淺，虎皮淺毛也。幭，覆式也。厄，烏蠋也。箋云：爲韓侯以常職來朝享之故，故多錫以厚之。善旂，旂之善色者也。綏，所引以登車，

有采章也。簟茀，漆簟以爲車蔽，今之藩也。鉤膺，樊纓也。眉上曰鍚，刻金飾之，今當盧也。鞗革，謂轡也，以金爲小環，往往纏搤之。

韓侯出祖，出宿于屠。顯父餞之，清酒百壺。屠，地名也。顯父，有顯德者也。箋云：祖將去而犯軷也。既覲而反國，必祖者，尊其所往，去則如始行焉。祖於國外，畢乃出宿，示行不留於是也。顯父，周之公卿也。餞送之，故有酒。其殽維何？炰鱉鮮魚。其蔌維何？維筍及蒲。其贈維何？乘馬路車。蔌，菜殽也。筍，竹也。蒲，蒲蒻也。箋云：炰鱉，以火孰之也。鮮魚，中膾者也。筍，竹萌也。蒲，深蒲也。贈，送也。王既使顯父餞之，又使送以車馬，所以贈厚意也。人君之車曰路車，所駕之馬曰乘馬。籩豆有且，侯氏燕胥。箋云：且，多貌。胥，皆也。諸侯在京師未去者，於顯父餞之時，皆來相與燕，其籩豆且然，榮其多也。

韓侯取妻，汾王之甥，蹶父之子。汾，大也。蹶父，卿士也。箋云：汾王，厲王也。厲王流于彘，彘在汾水之上，故時人因以號之，猶言莒郊公、黎比公也。姊妹之子爲甥。王之甥，卿士之子，言尊貴也。韓侯迎止，于蹶之里。百兩彭彭，八鸞鏘鏘，不顯其光。里，邑也。箋云：于蹶之里，蹶父之里。百兩，百乘。不顯，顯也。光，猶榮也，氣有榮光也。諸娣從之，祁祁如雲。韓侯顧之，爛其盈門。祁祁，徐靚也。如雲，言衆多也。諸侯一取九女，二國媵之。諸娣，衆妾也。顧之，曲顧道義也。箋云：媵者必娣姪從之，獨言娣者，舉其貴者。爛爛，粲然鮮明且衆多之貌。

蹶父孔武，靡國不到。爲韓姞相攸，莫如韓樂。姞，蹶父姓也。箋云：相，視。攸，所也。蹶父甚武健，爲王使於天下，國國皆至。爲其女韓侯夫人姞氏視其所居，韓國最樂。孔樂韓土，川澤訏訏。魴鱮甫甫，麀鹿噳噳。有熊有羆，有貓有虎。訏訏，大也。甫甫然，大也。噳噳然，衆也。貓，似虎淺毛者也。箋云：甚樂矣，韓之國土也。川澤寬大，衆魚禽獸備有，言饒富也。慶既令居，韓姞燕譽。箋云：慶，善也。蹶父既善韓之國土，使韓姞嫁焉而居之，韓姞則安之，盡其婦道，有顯譽。

溥彼韓城，燕師所完。師，衆也。箋云：溥，大。燕，安也。大矣彼韓國之城，乃古

平安時，衆民之所築完。以先祖受命，因時百蠻。王錫韓侯，其追其貊，奄受北國，因以其伯。韓侯之先祖，武王之子也。因時百蠻，長是蠻服之百國也。追、貊，戎狄國也。奄，撫也。箋云：韓侯先祖有功德者，受先王之命，封爲韓侯，居韓城，爲侯伯。其州界外接蠻服。因見使時節，百蠻貢獻之往來。後君微弱，用失其業。今王以韓侯先祖之事如是，而韓侯賢，故於入覲，使復其先祖之舊職，賜之蠻服追貊之戎狄，令撫柔其所受王畿北面之國，因以其先祖侯伯之事盡予之，皆美其爲人子孫，能興復先祖之功。其後追也、貊也，爲玁狁所逼，稍稍東遷。

實墉實壑，實畝實藉。實墉實壑，言高其城、深其壑也。箋云：實當作「寔」，趙、魏之東，實、寔同聲。寔，是也。藉，税也。韓侯之先祖微弱，所伯之國多滅絶，今復舊職，興滅國，繼絶世，故築治是城，濬脩是壑，井牧是田畝，收斂是賦税，使如古常。獻其貔皮，赤豹黄羆。貔，猛獸也。追、貊之國來貢，而侯伯摠領之。

《韓奕》六章，章十二句。



## 江漢

《江漢》，尹吉甫美宣王也。能興衰撥亂，命召公平淮夷。召公，召穆公也，名虎。

江漢浮浮，武夫滔滔，匪安匪遊，淮夷來求。浮浮，衆彊貌。滔滔，廣大貌。淮夷，東國，在淮浦而夷行也。箋云：匪，非也。江、漢之水，合而東流浮浮然。宣王於是水上命將率，遣士衆，使循流而下滔滔然。其順王命而行，非敢斯須自安也，非敢斯須遊止也，主爲來求淮夷所處。據至其竟，故言來。既出我車，既設我旟，匪安匪舒，淮夷來鋪。鋪，病也。箋云：車，戎車也。鳥隼曰旟。兵至竟而期戰地。其日出戎車建旟，又不自安不舒行者，主爲來伐討淮夷也。據至戰地，故又言來。

江漢湯湯，武夫洸洸，經營四方，告成于王。洸洸，武貌。箋云：召公既受命伐淮夷，服之，復經營四方之叛國，從而伐之，克勝，則使傳遽告功於王。四方既平，王國庶定，時靡有争，王心載寧。箋云：庶，幸。時，是也。載之言則也。召公忠

臣，順於王命，此述其志也。

**江漢之滸，王命召虎，式辟四方，徹我疆土。匪疚匪棘，王國來極。**召虎，召穆公也。箋云：滸，水厓也。式，法。疚，病。棘，急。極，中也。王於江漢之水上，命召公，使以王法征伐，開辟四方，治我疆界於天下，非可以兵病害之也，非可以兵急躁切之也。使來於王國，受政教之中正而已。齊桓公經陳、鄭之間及伐北戎，則違此言者。**于疆于理，至于南海。**箋云：于，往也。于，於也。召公於有叛戾之國，則往正其竟界，脩其分理，周行四方，至於南海，而功大成事終也。

**王命召虎，來旬來宣。文武受命，召公維翰。**旬，徧也。召公，召康公也。箋云：來，勤也。旬當作營。宣，徧也。召康公名奭，召虎之始祖也。王命召虎，女勤勞於經營四方，勤勞於徧疆理衆國。昔文王、武王受命，召康公爲之楨榦之臣，以正天下。爲虎之勤勞，故述其祖之功以勸之。**無曰予小子，召公是似。肇敏戎公，用錫爾祉。**似，嗣。肇，謀。敏，疾。戎，大。公，事也。箋云：戎，猶女也。女無自減損曰我小子耳。女之所爲，乃嗣女先祖召康公之功，今謀女之事乃有敏德，我用是故，將賜女福慶也。王爲虎之志大謙，故進之云爾。



**釐爾圭瓚，秬鬯一卣，告于文人。**釐，賜也。秬，黑黍也。鬯，香草也。築煑合而鬱之曰鬯。卣，器也。九命錫圭瓚秬鬯。文人，文德之人也。箋云：秬鬯，黑黍酒也。謂之鬯者，芬香條鬯也。王賜召虎以鬯酒一樽，使以祭其宗廟，告其先祖諸有德美見記者。**錫山土田，于周受命，自召祖命。**諸侯有大功德，賜之名山土田附庸。箋云：周，岐周也。自，用也。宣王欲尊顯召虎，故如岐周，使虎受山川土田之賜，命用其祖召康公受封之禮。岐周，周之所起，爲其先祖之靈，故就之。**虎拜稽首：「天子萬年。」**箋云：拜稽首者，受王命策書也。臣受恩，無可以報謝者，稱言使君壽考而已。

**虎拜稽首，對揚王休，作召公考，天子萬壽。明明天子，令聞不已。矢其文德，洽此四國。**對，遂。考，成。矢，施也。箋云：對，荅。休，美。作，爲也。虎既拜而荅王策命之時，稱揚王之德美，君臣之言宜相成也。王命召虎用召祖命，故虎對

王亦爲召康公受王命之時對成王命之辭，謂如其所言也。如其所言者，「天子萬壽」以下是也。

《江漢》六章，章八句。

## 常武

**《常武》，召穆公美宣王也。有常德以立武事，因以爲戒然。**戒者，「王舒保作，匪紹匪遊，徐方繹騷」。

**赫赫明明，王命卿士，南仲大祖，大師皇父：「整我六師，以脩我戎。**赫赫然，盛也。明明然，察也。王命南仲於大祖，皇甫爲大師。箋云：南仲，文王時武臣也。顯著乎，昭察乎，宣王之命卿士爲大將也。乃用其以南仲爲大祖者，今大師皇父是也。使之整齊六軍之衆，治其兵甲之事。命將必本其祖者，因有世功，於是尤顯。大師者，公兼官也。**既敬既戒，惠此南國。」**箋云：敬之言警也。警戒六軍之衆，以惠淮浦之旁國。謂勑以無暴掠爲之害也。每軍各有將，中軍之將尊也。

**王謂尹氏：「命程伯休父，左右陳行，戒我師旅。率彼淮浦，省此徐土。**尹氏掌命卿士，程伯休父始命爲大司馬。浦，厓也。箋云：尹氏，天子世大夫也。率，循也。王使大夫尹氏策命程伯休父於軍將行治兵之時，使其士衆左右陳列而勑戒之，使循彼淮浦之旁，省視徐國之土地叛逆者。軍禮，司馬掌其誓戒。**不留不處，三事就緒。」**誅其君，弔其民，爲之立三有事之臣。箋云：緒，業也。王又使軍將豫告淮浦徐土之民云：不久處於是也，女三農之事皆就其業。爲其驚怖，先以言安之。

**赫赫業業，有嚴天子。王舒保作，匪紹匪遊。徐方繹騷，**赫赫然，盛也。業業然，動也。嚴然而威。舒，徐也。保，安也。匪紹匪遊，不敢繼以敖遊也。繹，陳。騷，動也。箋云：作，行也。紹，緩也。繹當作驛。王之軍行，其貌赫赫業業然，有尊嚴於天子之威，謂聞見者莫不憚之。王舒安，謂軍行三十里，亦非解緩也，亦非敖遊也。徐國傳遽之驛見之，知王兵必克，馳走以相恐動。**震驚徐方，如靁如霆，徐方震驚。**箋云：震，動也。驛馳走相恐懼，以驚動徐國，如靁霆之恐怖人然，徐國則驚動而將服罪。

王奮厥武，如震如怒。進厥虎臣，闞如虓虎。鋪敦淮濆，仍執醜虜。虎之自怒虓然。濆，厓。仍，就。虜，服也。箋云：進，前也。敦當作屯。醜，衆也。王奮揚其威武，而震雷其聲，而勃怒其色。前其虎臣之將闞然如虎之怒，陳屯其兵於淮水大防之上以臨敵，就執其衆之降服者也。截彼淮浦，王師之所。截，治也。箋云：治淮之旁國有罪者，就王師而斷之。

王旅嘽嘽，如飛如翰，如江如漢，如山之苞，如川之流，嘽嘽然，盛也。疾如飛，摯如翰。苞，本也。箋云：嘽嘽，閒暇有餘力之貌。其行疾，自發舉，如鳥之飛也。翰，其中豪俊也。江漢以喻盛大也。山本以喻不可驚動也。川流以喻不可禦也。緜緜翼翼，不測不克，濯征徐國。緜緜，靚也。翼翼，敬也。濯，大也。箋云：王兵安靚且皆敬，其勢不可測度，不可攻勝。既服淮浦矣，今又以大征徐國，言必勝也。

王猶允塞，徐方既來。猶，謀也。箋云：猶，尚。允，信也。王重兵，兵雖臨之，尚守信，自實滿，兵未陳，而徐國已來告服，所謂善戰者不陳。徐方既同，天子之功。四方既平，徐方來庭。來王庭也。徐方不回，王曰還歸。箋云：回，猶違也。還歸，振旅也。

《常武》六章，章八句。

## 瞻卬

《瞻卬》，凡伯刺幽王大壞也。凡伯，天子大夫也。《春秋》魯隱公七年「冬，天王使凡伯來聘」。

瞻卬昊天，則不我惠。孔填不寧，降此大厲。昊天，斥王也。填，久。厲，惡也。箋云：惠，愛也。仰視幽王爲政，則不愛我下民，甚久矣天下不安，王乃下此大惡以敗亂之。邦靡有定，士民其瘵。蟊賊蟊疾，靡有夷届。罪罟不收，靡有夷瘳。瘵，病。夷，常也。罪罟，設罪以爲罟。瘳，愈也。箋云：届，極也。天下騷擾，邦國無有安定者。士卒與民皆勞病，其爲殘酷痛疾於民，如蟊賊之害禾稼然，爲之無常，亦無止息時。

施刑罪以羅罔天下而不收斂，爲之亦無常，無止息時，此目王所下大惡。

人有土田，女反有之。人有民人，女覆奪之。箋云：此言王削黜諸侯及卿大夫無罪者。覆，猶反也。此宜無罪，女反收之。彼宜有罪，女覆説之。收，拘收也。説，赦也。

哲夫成城，哲婦傾城。哲，知也。箋云：哲謂多謀慮也。城，猶國也。丈夫，陽也。陽動，故多謀慮則成國。婦人，陰也。陰静，故多謀慮乃亂國。懿厥哲婦，爲梟爲鴟。箋云：懿，有所痛傷之聲也。厥，其也。其，幽王也。梟鴟，惡聲之鳥，喻襃姒之言無善。婦有長舌，維厲之階。亂匪降自天，生自婦人。匪教匪誨，時維婦寺。寺，近也。箋云：長舌喻多言語。是王降大厲之階。階，所由上下也。今王之有此亂政，非從天而下，但從婦人出耳。又非有人教王爲亂。語王爲惡者，是維近愛婦人，用其言故也。

鞫人忮忒，譖始竟背。豈曰不極，伊胡爲慝？忮，害。忒，變也。箋云：鞫，窮也。譖，不信也。竟，猶終也。胡，何。慝，惡也。婦人之長舌者多謀慮，好窮屈人之語，忮害轉化，其言無常，始於不信，終於背違之。豈謂其是不得中乎？反云維我言何用爲惡不信也？

如賈三倍，君子是識。婦無公事，休其蠶織。休，息也。婦人無與外政，雖王后猶以蠶織爲事。古者天子爲藉千畝，冕而朱紘，躬秉耒。諸侯爲藉百畝，冕而青紘，躬秉耒。以事天地山川社稷先古，敬之至也。天子諸侯必有公桑蠶室，近川而爲之，築宫仞有三尺，棘牆而外閉之。及大昕之朝，君皮弁素積，卜三宫之夫人、世婦之吉者，使入蠶于蠶室，奉種浴于川，桑于公桑，風戾以食之。歲既單矣，世婦卒蠶，奉繭以示于君，遂獻繭于夫人。夫人曰：此所以爲君服與。遂副褘而受之，少牢以禮之。及良日，后夫人繅，三盆手，遂布于三宫夫人世婦之吉者，使繅，遂朱緑之，玄黄之，以爲黼黻文章。服既成矣，君服之以祀先王先公，敬之至也。箋云：識，知也。賈物而有三倍之利者，小人所宜知也。君子反知之，非其宜也。今婦人休其蠶桑織紝之職，而與朝廷之事，其爲非宜，亦猶是也。孔子曰：「君子喻於義，小人喻於利。」

天何以刺？何神不富？舍爾介狄，維予胥忌。刺，責。富，福。狄，遠。忌，怨也。箋云：介，甲也。王之爲政，既無過惡，天何以責王見變異乎？神何以不福王而有災

害也？王不念此而改脩德，乃舍女被甲夷狄來侵犯中國者，反與我相怨。謂其疾怨羣臣叛違也。

不弔不祥，威儀不類。人之云亡，邦國殄瘁。類，善。殄，盡。瘁，病也。箋云：弔，至也。王之爲政，德不至於天矣，不能致徵祥於神矣，威儀又不善於朝廷矣。賢人皆言奔亡，則天下邦國將盡困病。

天之降罔，維其優矣。人之云亡，心之憂矣。優，渥也。箋云：優，寬也。天下羅罔以取有罪亦甚寬，謂但以災異譴告之，不指加罰於其身。疾王爲惡之甚，賢者奔亡，則人心無不憂。天之降罔，維其幾矣。人之云亡，心之悲矣。幾，危也。箋云：幾，近也。言災異譴告，離人身近，愚者不能覺。

觱沸檻泉，維其深矣。心之憂矣，寧自今矣？不自我先，不自我後。箋云：檻泉，正出，涌出也。觱沸，其貌。涌泉之源，所由者深，喻己憂所從來久也。惡政不先己，不後己，怪何故正當之。藐藐昊天，無不克鞏。藐藐，大貌。鞏，固也。箋云：藐藐，美也。王者有美德藐藐然，無不能自堅固於其位者，微箴之也。無忝皇祖，式



救爾後。箋云：式，用也。後，謂子孫也。

《瞻卬》七章，三章章十句，四章章八句。

## 召旻

《召旻》，凡伯刺幽王大壞也。旻，閔也，閔天下無如召公之臣也。閔，病也。

旻天疾威，天篤降喪。瘨我饑饉，民卒流亡。箋云：天，斥王也。疾，猶急也。瘨，病也。病乎幽王之爲政也，急行暴虐之法，厚下喪亂之教，謂重賦税也。病中國以饑饉，令民盡流移。我居圉卒荒。圉，垂也。箋云：荒，虚也。國中至邊竟以此故盡空虚。

天降罪罟，蟊賊内訌。訌，潰也。箋云：訌，争訟相陷人之言也。王施刑罪以羅罔天下，衆爲殘酷之人，雖外以害人，又自内争相讒惡。昏椓靡共，潰潰回遹，實靖夷我邦。椓，夭椓也。潰潰，亂也。靖，謀。夷，平也。箋云：昏、椓，皆奄人也。昏，其官名也。椓，

椓毀陰者也。王遠賢者，而近任刑奄之人，無肯共其職事者，皆潰潰然維邪是行，皆謀夷滅王之國。

皋皋訿訿，曾不知其玷。皋皋，頑不知道也。訿訿，窳不供事也。箋云：玷，缺也。王政已大壞，小人在位，曾不知大道之缺。兢兢業業，孔填不寧，我位孔貶。貶，隊也。箋云：兢兢，戒也。業業，危也。天下之人戒懼危怖，甚久矣其不安也，我王之位又甚隊矣。言見侵侮，政教不行，後犬戎伐之，而周與諸侯無異。

如彼歲旱，草不潰茂，如彼棲苴。潰，遂也。苴，水中浮草也。箋云：「潰茂」之「潰」當作「匯」。匯，茂貌。王無恩惠於天下，天下之人如旱歲之草，皆枯槁無潤澤，如樹上之棲苴。我相此邦，無不潰止。箋云：潰，亂也。無不亂者，言皆亂也。《春秋傳》曰：「國亂曰潰，邑亂曰叛。」

維昔之富不如時，往者富仁賢，今也富讒佞。箋云：富，福也。時，今時也。維今之疚不如茲。今則病賢也。箋云：茲，此也。此者，此古昔明王。彼疏斯粺，胡不自替？職兄斯引。彼宜食疏，今反食精粺。替，廢。況，茲也。引，長也。箋云：疏，麤也，謂糲米也。職，主也。彼賢者祿薄食麤，而此昏椓之黨反食精粺。女小人耳，何不自廢退，使賢者得進，乃茲復主長此爲亂之事乎？責之也。米之率，糲十，粺九，鑿八，侍御七。

池之竭矣，不云自頻？頻，厓也。箋云：頻當作濱。厓，猶外也。自，由也。池水之益，由外灌焉。今池竭，人不言由外無益者與？言由之也。喻王猶池也，政之亂，由外無賢臣益之。泉之竭矣，不云自中？泉，水從中以益者也。箋云：泉者，中水生則益深，水不生則竭。喻王猶泉也，政之亂，又由內無賢妃益之。溥斯害矣，職兄斯弘，不烖我躬。箋云：溥，猶徧也。今時徧有此內外之害矣，乃茲復主大此爲亂之事，是不烖王之身乎？責王也。烖謂見誅伐。

昔先王受命，有如召公，日辟國百里，今也日蹙國百里。辟，開。蹙，促也。箋云：先王受命，謂文王、武王時也。召公，召康公也。言有如者，時賢臣多，非獨召公也。今，今幽王臣。於乎哀哉！維今之人，不尚有舊。箋云：哀哉，哀其不高尚賢者，尊任有

舊德之臣，將以喪亡其國。

《召旻》七章，四章章五句，三章章七句。

《蕩之什》十一篇，九十二章，七百六十九句。

《召旻》七章，四章章五句，三章章七句。

《蕩之什》十一篇，九十二章，七百六十九句。

# 毛詩卷第十九

## 清廟之什詁訓傳第二十六　周頌　鄭氏箋

### 清廟

《清廟》，祀文王也。周公既成洛邑，朝諸侯，率以祀文王焉。清廟者，祭有清明之德者之宫也，謂祭文王也。天德清明，文王象焉，故祭之而歌此詩也。廟之言貌也，死者精神不可得而見，但以生時之居，立宫室象貌爲之耳。成洛邑，居攝五年時。

於穆清廟，肅雝顯相。於，歎辭也。穆，美。肅，敬。雝，和。相，助也。箋云：顯，光也，見也。於乎美哉，周公之祭清廟也。其禮儀敬且和，又諸侯有光明著見之德者來助祭。濟濟多士，秉文之德，對越在天。執文德之人也。箋云：對，配。越，於也。濟濟之衆士，皆執行文王之德。文王精神已在天矣，猶配順其素如生存。駿奔走在廟，不顯不承，無射於人斯。駿，長也。顯於天矣，見承於人矣，不見厭於人矣。箋云：駿，大也。諸侯與衆士，於周公祭文王，俱奔走而來，在廟中助祭，是不光明文王之德與？言其光明之也。是不承順文王志意與？言其承順之也。此文王之德，人無厭之。







《清廟》一章，八句。

### 維天之命

《維天之命》，大平告文王也。告大平者，居攝五年之末也。文王受命，不卒而崩。今天下大平，故承其意而告之，明六年制禮作樂。

維天之命，於穆不已。孟仲子曰：「大哉天命之無極，而美周之禮也。」箋云：命，猶道也。天之道於乎美哉！動而不止，行而不已。於乎不顯，文王之德之純。純，大。假，嘉。溢，慎。收，聚也。箋云：純亦不已也。溢，盈溢之言也。於乎不光明與，文王之施德教之無倦已，美其與天同功也。以嘉美之道饒衍與我，我其聚斂之以制法度，以大順我文王之意，謂爲《周禮》六官之職也。《書》曰：「考朕昭子刑，乃單文祖德。」

假以溢我，我其收之。駿惠我文王，曾孫篤之。成王能厚行之也。箋云：曾，猶重也。自孫之子

而下，事先祖皆稱曾孫。是言曾孫，欲使後王皆厚行之，非維今也。

《維天之命》一章，八句。

## 維清

**《維清》，奏《象舞》也。**《象舞》，象用兵時刺伐之舞，武王制焉。

**維清緝熙，文王之典。**典，法也。箋云：緝熙，光明也。天下之所以無敗亂之政而清明者，乃文王有征伐之法故也。文王受命，七年五伐也。**肇禋，**肇，始。禋，祀也。箋云：文王受命，始祭天而征伐也。《周禮》以禋祀祀昊天上帝。**迄用有成，維周之禎。**迄，至。禎，祥也。箋云：文王造此征伐之法，至今用之而有成功，謂伐紂克勝也。征伐之法，乃周家得天下之吉祥。

《維清》一章，五句。

## 烈文

**《烈文》，成王即政，諸侯助祭也。**新王即政，必以朝享之禮祭於祖考，告嗣位也。

**烈文辟公，錫茲祉福。惠我無疆，子孫保之。**烈，光也。文王錫之。箋云：惠，愛也。光文百辟卿士及天下諸侯者，天錫之以此祉福也，又長愛之無有期竟，子孫得傳世，安而居之。謂文王、武王以純德受命定天位。**無封靡于爾邦，維王其崇之。念茲戎功，繼序其皇之。**封，大也。靡，累也。崇，立也。戎，大。皇，美也。箋云：崇，厚也。皇，君也。無大累於女國，謂諸侯治國無罪惡也。王其厚之，增其爵土也。念此大功，勤事不廢，謂卿大夫能守其職，得繼世在位，以其次序其君之者，謂有大功，王則出而封之。**無競維人，四方其訓之。不顯維德，百辟其刑之。於乎前王不忘！**競，彊。訓，道也。前王，武王也。箋云：無彊乎維得賢人也，得賢人則國家彊矣，故天下諸侯順其所爲也。不勤明其德乎，勤明之也，故卿大夫法其所爲也。於乎先王，文王、武王，其於此道，人稱頌

之不忘。

《烈文》一章，十三句。

## 天作

《天作》，祀先王先公也。先王，謂大王已下。先公，諸盩至不窋。

天作高山，大王荒之。作，生。荒，大也。天生萬物於高山，大王行道，能安天之所作也。箋云：高山，謂岐山也。《書》曰：「道岍及岐，至于荊山。」天生此高山，使興雲雨，以利萬物。大王自豳遷焉，則能尊大之，廣其德澤。居之一年成邑，二年成都，三年五倍其初。彼作矣，文王康之。彼徂矣，岐有夷之行，夷，易也。箋云：彼，彼萬民也。徂，往。行，道也。彼萬民居岐邦者，皆築作宮室以爲常居，文王則能安之。後之往者，又以岐邦之君有佼易之道故也。《易》曰：「乾以易知，坤以簡能。易則易知，簡則易從。易知則有親，易從則有功。有親則可久，有功則可大。可久則賢人之德，可大則賢人之業。」以此訂大王、文王之道，




卓爾與天地合其德。子孫保之。

《天作》一章，七句。

## 昊天有成命

《昊天有成命》，郊祀天地也。

昊天有成命，二后受之。成王不敢康，夙夜基命宥密。二后，文、武也。基，始。命，信。宥，寬。密，寧也。箋云：昊天，天大號也。有成命者，言周自后稷之生而已有王命也。文王、武王受其業，施行道德，成此王功，不敢自安逸，早夜始信順天命，不敢解倦，行寬仁安靜之政以定天下。寬仁所以止苛刻也，安靜所以息暴亂也。於緝熙，單厥心，肆其靖之。緝，明。熙，廣。單，厚。肆，固。靖，和也。箋云：廣當爲光，固當爲故，字之誤也。於美乎，此成王之德也，既光明矣，又能厚其心矣，爲之不解倦，故於其功終能和安之。謂夙夜自勤，至於天下太平。

《昊天有成命》一章，七句。

## 我將

《我將》，祀文王於明堂也。

**我將我享，維羊維牛，維天其右之。**將，大。享，獻也。箋云：將，猶奉也。我奉養我享祭之羊牛，皆充盛肥腯，有天氣之力助。言神饗其德而右助之。**儀式刑文王之典，日靖四方。伊嘏文王，既右饗之。**儀，善。刑，法。典，常。靖，謀也。箋云：靖，治也。受福曰嘏。我儀則式象法行文王之常道，以日施政于天下，維受福于文王，文王既右而饗之。言受而福之。**我其夙夜，畏天之威，于時保之。**箋云：于，於。時，是也。早夜敬天，於是得安文王之道。

《我將》一章，十句。



## 時邁

《時邁》，巡守告祭柴望也。巡守告祭者，天子巡行邦國，至于方嶽之下而封禪也。《書》曰：「歲二月，東巡守，至于岱宗，柴。望秩于山川，徧于羣神。」

**時邁其邦，昊天其子之，實右序有周。薄言震之，莫不震疊。懷柔百神，及河喬嶽。允王維后。**邁，行。震，動。疊，懼。懷，來。柔，安。喬，高也。高嶽，岱宗也。箋云：薄，猶甫也。甫，始也。允，信也。武王既定天下，時出行其邦國，謂巡守也。天其子愛之，右助次序其事，謂多生賢知，使爲之臣也。其兵所征伐，甫動之以威，則莫不動懼而服者。言其威武，又見畏也。王行巡守，其至方嶽之下，來安羣神，望于山川，皆以尊卑祭之。信哉武王之宜爲君，美之也。**明昭有周，式序在位。**明矣，知未然也。昭然，不疑也。箋云：昭，見也。王巡守，而明見天之子有周家也。以其有俊乂，用次第處位。言此者，著天其子愛之，右序之效也。**載戢干戈，載櫜弓矢，**戢，聚。櫜，韜也。箋云：載之言則也。王巡守而天下咸服，兵不復用，此又著震疊之效也。**我求懿德，肆于時夏。**夏，大也。箋云：懿，

美。肆，陳也。我武王求有美德之士而任用之，故陳其功，於是夏而歌之。樂歌大者稱夏。**允王保之。**箋云：允，信也。信哉武王之德，能長保此時夏之美。

**《時邁》一章，十五句。**

## 執競

**《執競》，祀武王也。**

**執競武王，無競維烈。不顯成康，上帝是皇。**無競，競也。烈，業也。不顯乎其成大功而安之也。顯，光也。皇，美也。箋云：競，彊也。能持彊道者，維有武王耳。不彊乎其克商之功業，言其彊也。不顯乎其成安祖考之道，言其又顯也。天以是故美之，予之福禄。

**自彼成康，奄有四方，斤斤其明。**自彼成康，用彼成安之道也。奄，同也。斤斤，明察也。箋云：四方，謂天下也。武王用成安祖考之道，故受命伐紂，定天下，爲周明察之君斤斤如也。

**鐘鼓喤喤，磬筦將將，降福穰穰。降福簡簡，威儀反反。既醉既飽，福禄來反。**喤喤，和也。將將，集也。穰穰，衆也。簡簡，大也。反反，難也。反，復也。箋云：反反，順習之貌。武王既定天下，祭祖考之廟，奏樂而八音克諧，神與之福又衆大，謂如嘏辭也。君臣醉飽，禮無違者，以重得福禄也。

**《執競》一章，十四句。**

## 思文

**《思文》，后稷配天也。**

**思文后稷，克配彼天。立我烝民，莫匪爾極。**極，中也。箋云：克，能也。立當作粒。烝，衆也。周公思先祖有文德者，后稷之功能配天。昔堯遭洪水，黎民阻飢，后稷播殖百穀，烝民乃粒，萬邦作乂，天下之人無不於女時得其中者。言反其性。**貽我來牟，帝命率育。無此疆爾界，陳常于時夏。**牟，麥。率，用也。箋云：貽，遺。率，循。育，養也。武王渡孟津，白魚躍入于舟，出涘以燎。後五日，火流爲烏，五至，以穀俱來。此謂遺我來牟，天

命以是循存后稷養天下之功，而廣大其子孫之國，無此封竟於女今之經界，乃大有天下也。用是故，陳其久常之功，於是夏而歌之。夏之屬有九。《書》説「烏以穀俱來」，云穀，紀后稷之德。

《思文》一章，八句。

《清廟之什》十篇，十章，九十五句。

# 臣工之什詁訓傳第二十七　周頌　鄭氏箋

## 臣工

《臣工》，諸侯助祭，遣於廟也。

**嗟嗟臣工，敬爾在公。王釐爾成，來咨來茹。**嗟嗟，勑之也。工，官也。公，君也。箋云：臣，謂諸侯也。釐，理。咨，謀。茹，度也。諸侯來朝天子，有不純臣之義，於其將歸，故於廟中正君臣之禮，勑其諸官卿大夫云：敬女在君之事，王乃平理女之成功。女有事，當來謀之、來度之於王之朝，無自專。**嗟嗟保介，維莫之春。亦又何求？如何新畬？**田二歲曰新，三歲曰畬。箋云：保介，車右也。《月令》「孟春，天子親載耒耜，措之于參保介之御間」。莫，晚也。周之季春，於夏爲孟春。諸侯朝周之春，故晚春遣之。勑其車右以時事，女歸，當何求於民？將如新田畬田何？急其教農趨時也。介，甲也。車右勇力之士，被甲執兵也。**於皇來牟，將受厥明。明昭上帝，迄用康年。**康，樂也。箋云：將，大。迄，至也。於美乎，赤烏以牟麥俱來，故我周家大受其光明。謂爲珍瑞，天下所休慶也。此瑞乃明見於天，至今用之，有樂歲，五穀豐孰。**命我衆人，庤乃錢鎛，奄觀銍艾。**庤，具。




錢，銚。鎛，鎒。銍，獲也。箋云：奄，久。觀，多也。教我庶民，具女田器，終久必多銍艾，勸之也。

《臣工》一章，十五句。

## 噫嘻

《噫嘻》，春夏祈穀于上帝也。祈，猶禱也，求也。《月令》「孟春祈穀于上帝，夏則龍見而雩」，是與？

**噫嘻成王，既昭假爾，率時農夫，播厥百穀。**意，歎也。嘻，勑也。成王，成是王事也。箋云：噫嘻，有所多大之聲也。假，至也。播，猶種也。噫嘻乎能成周王之功，其德已著至矣。謂光被四表，格于上下也。又能率是主田之吏農夫，使民耕田而種百穀也。**駿發爾私，終三十里。亦服爾耕，十千維耦。**私，民田也。言上欲富其民而讓於下，欲民之大發其私田耳。終三十里，言各極其望也。箋云：駿，疾也。發，伐也。亦，大。服，事也。

使民疾耕，發其私田，竟三十里者，言一部一吏主之，於是民大事耕其私田，萬耦同時舉也。《周禮》曰：「凡治野田，夫間有遂，遂上有徑；十夫有溝，溝上有畛；百夫有洫，洫上有塗；千夫有澮，澮上有道；萬夫有川，川上有路。」計此萬夫之地，方三十三里，少半里也。耜廣五寸，二耜爲耦。一川之間萬夫，故有萬耦耕。言三十里者，舉其成數。

《噫嘻》一章，八句。

## 振鷺

《振鷺》，二王之後來助祭也。二王，夏、殷也。其後，杞也，宋也。

振鷺于飛，于彼西雝。我客戾止，亦有斯容。興也。振振，羣飛貌。鷺，白鳥也。雝，澤也。客，二王之後。箋云：白鳥集于西雝之澤，言所集得其處也。興者，喻杞、宋之君有絜白之德，來助祭於周之廟，得禮之宜也。其至止亦有此容，言威儀之善如鷺然。在彼無惡，在此無斁。庶幾夙夜，以永終譽。箋云：在彼，謂居其國，無怨惡之者。在此，謂其來朝，人皆愛敬之，無厭之者。永，長也。譽，聲美也。

《振鷺》一章，八句。



## 豐年

《豐年》，秋冬報也。報者，謂嘗也，烝也。

豐年多黍多稌。亦有高廩，萬億及秭。豐，大。稌，稻也。廩，所以藏齍盛之穗也。數萬至萬曰億，數億至億曰秭。箋云：豐年，大有年也。亦，大也。萬億及秭，以言穀數多。爲酒爲醴，烝畀祖妣，以洽百禮，降福孔皆。皆，徧也。箋云：烝，進。畀，予也。

《豐年》一章，七句。

## 有瞽

《有瞽》，始作樂而合乎祖也。王者治定制禮，功成作樂。合者，大合諸樂而奏之。

有瞽有瞽，在周之庭。設業設虡，崇牙樹羽。應田縣鼓，鞉磬柷圉。瞽，樂官也。業，大板也，所以飾栒爲縣也。捷業如鋸齒，或曰畫之。植者爲虡，衡者爲栒。崇牙，上飾卷然，可以縣也。樹羽，置羽也。應，小鞞也。田，大鼓也。縣鼓，周鼓也。鞉，小鼓也。柷，木椌也。圉，楬也。箋云：瞽，矇也。以爲樂官者，目無所見，於音聲審也。《周禮》「上瞽四十人，中瞽百人，下瞽百六十人」。有視瞭者相之。又設縣鼓。田當作朄。朄，小鼓在大鼓旁，應鞞之屬也，聲轉字誤，變而作田。既備乃奏，簫管備舉。喤喤厥聲，肅雝和鳴，先祖是聽。箋云：既備者，懸也，朄也，皆畢已也。乃奏，謂樂作也。簫，編小竹管，如今賣餳者所吹也。管如篴，併而吹之。我客戾止，永觀厥成。箋云：我客，二王之後也。長多其成功，謂深感於和樂，遂入善道，終無愆過。

《有瞽》一章，十三句。




## 潛

《潛》，季冬薦魚，春獻鮪也。冬魚之性定，春鮪新來，薦獻之者，謂於宗廟也。

猗與漆沮，潛有多魚。有鱣有鮪，鰷鱨鰋鯉。漆，沮，岐周之二水也。潛，槮也。箋云：猗與，歎美之言也。鱣，大鯉也。鮪，鮥也。鰷，白鰷也。鰋，鮎也。以享以祀，以介景福。箋云：介，助。景，大也。

《潛》一章，六句。

## 雝

《雝》，禘大祖也。禘，大祭也，大於四時而小於祫。大祖，謂文王。

有來雝雝，至止肅肅。相維辟公，天子穆穆。於薦廣牡，相予肆祀。相，助。廣，大也。箋云：雝雝，和也。肅肅，敬也。有是來時雝雝然，既至止而肅肅

然者，乃助王禘祭百辟與諸侯也。天子是時則穆穆然。於進大牡之牲，百辟與諸侯又助我陳祭祀之饌，言得天下之歡心。**假哉皇考，綏予孝子。宣哲維人，文武維后。**假，嘉也。箋云：宣，徧也。嘉哉君考，斥文王也。文王之德，乃安我孝子，謂受命定其基業也。又徧使天下之人有才知，以文德武功爲之君故。**燕及皇天，克昌厥後。綏我眉壽，介以繁祉。**燕，安也。箋云：繁，多也。文王之德，安及皇天謂降瑞應，無變異也。又能昌大其子孫，安助之以考壽與多福禄。**既右烈考，亦右文母。**烈考，武王也。文母，大姒也。箋云：烈，光也。子孫所以得考壽與多福者，乃以見右助於光明之考與文德之母，歸美焉。

《雝》一章，十六句。

## 載見

《載見》，諸侯始見乎武王廟也。

**載見辟王，曰求厥章。龍旂陽陽，和鈴央央。鞗革有鶬，休有烈光。**載，始也。龍旂陽陽，言有文章也。和在軾前，鈴在旂上。鞗革有鶬，言有法度也。箋云：諸侯始見君王，謂見成王也。曰求其章者，求車服禮儀之文章制度也。交龍爲旂。鞗革，轡首也。鶬，金飾貌。休者，休然盛壯。**率見昭考，以孝以享。以介眉壽，永言保之，思皇多祜。**昭考，武王也。享，獻也。箋云：言，我。皇，君也。諸侯既以朝禮見於成王，至祭時，伯又率之見於武王廟，使助祭也，以致孝子之事，以獻祭祀之禮，以助考壽之福。長我安行此道，思使成王之多福。**烈文辟公，綏以多福，俾緝熙于純嘏。**箋云：俾，使。純，大也。祭有十倫之義，成王乃光文百辟與諸侯，安之以多福，使光明於大嘏之意。天子受福曰大嘏，辭有福祚之言。

《載見》一章，十四句。

## 有客

《有客》，微子來見祖廟也。成王既黜殷命，殺武庚，命微子代殷後。既受命，

來朝而見也。

有客有客，亦白其馬。有萋有且，敦琢其旅。殷尚白也。亦，亦周也。萋、且，敬慎貌。箋云：有客有客，重言之者，異之也。亦，亦武庚也。武庚爲二王後，乘殷之馬，乃叛而誅，不肖之甚也。今微子代之，亦乘殷之馬，獨賢而見尊異，故言亦駁而美之。其來威儀萋萋且且，盡心力於其事。又選擇衆臣卿大夫之賢者，與之朝王。言敦琢者，以賢美之，故王言之。有客宿宿，有客信信。言授之縶，以縶其馬。一宿曰宿，再宿曰信。欲縶其馬而留之。箋云：縶，絆也。周之君臣，皆愛微子，其所館宿，可以去矣，而言絆其馬，意各殷勤。薄言追之，左右綏之。箋云：追，送也。於微子去，王始言餞送之，左右之臣，又欲從而安樂之，厚之無已。既有淫威，降福孔夷。淫，大。威，則。夷，易也。箋云：既有大則，謂用殷正朔，行其禮樂，如天子也。神與之福，又甚易也。言動作而有度。

《有客》一章，十二句。



毛詩

## 武

《武》，奏《大武》也。《大武》，周公作樂所爲舞也。

於皇武王，無競維烈。允文文王，克開厥後。烈，業也。箋云：皇，君也。於乎君哉武王也，無彊乎其克商之功業，言其彊也。信有文德哉武王也，能開其子孫之基緒。嗣武受之，勝殷遏劉，耆定爾功。武，迹。劉，殺。耆，致也。箋云：遏，止。耆，老也。嗣子武王，受文王之業，舉兵伐殷而勝之，以止天下之暴虐而殺人者，年老乃定女之此功。言不汲汲於誅紂，須暇五年。

《武》一章，七句。

《臣工之什》十篇，十章，一百六句。

# 閔予小子之什詁訓傳第二十八　周頌　鄭氏箋

## 閔予小子

《閔予小子》，嗣王朝於廟也。嗣王者，謂成王也。除武王之喪，將始即政，朝於廟也。

閔予小子，遭家不造，嬛嬛在疚。閔，病。造，爲。疚，病也。箋云：閔，悼傷之言也。造，猶成也。可悼傷乎，我小子耳，遭武王崩，家道未成，嬛嬛然孤特在憂病之中。於乎皇考，永世克孝。念茲皇祖，陟降庭止。庭，直也。箋云：茲，此也。陟降，上下也。於乎我君考武王，長世能孝，謂能以孝行爲子孫法度，使長見行也。念此君祖文王，上以直道事天，下以直道治民，信無私枉。維予小子，夙夜敬止。於乎皇王，繼序思不忘。序，緒也。箋云：夙，早。敬，慎也。我小子早夜慎行祖考之道，言不敢懈倦也。於乎君王，歎文王、武王也。我繼其緒，思其所行不忘也。

《閔予小子》一章，十一句。

## 訪落

《訪落》，嗣王謀於廟也。謀者，謀政事也。

訪予落止，率時昭考。於乎悠哉，朕未有艾。將予就之，繼猶判渙。訪，謀。落，始。時，是。率，循。悠，遠。猶，道。判，分。渙，散也。箋云：昭，明。艾，數。猶，圖也。成王始即政，自以承聖父之業，懼不能遵其道德，故於廟中與羣臣謀我始即政之事。羣臣曰：當循是明德之考所施行。故荅之以謙曰：於乎遠哉，我於是未有數。言遠不可及也。女扶將我，就其典法而行之，繼續其業，圖我所失，分散者收斂之。維予小子，未堪家多難。箋云：多，衆也。我小子耳，未任統理國家衆難成之事，必有任賢待年長大之志。難成之事，謂諸政有業未平者。紹庭上下，陟降厥家。休矣皇考，以保明其身。箋云：紹，繼也。厥家，謂羣臣也。繼文王陟降庭止之道，上下羣臣之職以次序者，美矣我君考武王，能以此道尊安其身，謂定天下，居天子之位。

《訪落》一章，十二句。

## 敬之

《敬之》，羣臣進戒嗣王也。

敬之敬之，天維顯思，命不易哉！無曰高高在上，陟降厥士，日監在茲。顯，見。士，事也。箋云：顯，光。監，視也。羣臣見王謀即政之事，故因時戒之曰：敬之哉，敬之哉，天乃光明，去惡與善，其命吉凶，不變易也。無謂天高又高在上，遠人而不畏也。天上下其事，謂轉運日月，施其所行，日日瞻視，近在此也。維予小子，不聰敬止。日就月將，學有緝熙于光明。佛時仔肩，示我顯德行。小子，嗣王也。將，行也。光，廣也。佛，大也。仔肩，克也。箋云：緝熙，光明也。佛，輔也。時，是也。仔肩，任也。羣臣戒成王以「敬之敬之」，故承之以謙云：我小子耳，不聰達於敬之之意。日就月行，言當習之以積漸也。且欲學於有光明之光明者，謂賢中之賢也。輔佛是任，示道我以顯明之德行。是時自知未能成文、武之功，周公始有居攝之志。

《敬之》一章，十二句。

## 小毖

《小毖》，嗣王求助也。毖，慎也。天下之事，當慎其小。小時而不慎，後爲禍大，故成王求忠臣早輔助己爲政，以救患難。

予其懲而毖後患。莫予荓蜂，自求辛螫。毖，慎也。荓蜂，摩曳也。箋云：懲，艾也。始者管叔及其羣弟流言於國，成王信之，而疑周公。至後三監叛而作亂，周公以王命舉兵誅之，歷年乃已。故今周公歸政，成王受之，而求賢臣以自輔助也。曰：我其創艾於往時矣，畏慎後復有禍難。羣臣小人無敢我摩曳，謂爲譎詐誑欺，不可信也。女如是，徒自求辛苦毒螫之害耳，謂將有刑誅。肇允彼桃蟲，拚飛維鳥。桃蟲，鷦也，鳥之始小終大者。箋云：肇，始。允，信也。始者信以彼管、蔡之屬，雖有流言之罪，如鷦鳥之小，不登誅之，後反叛而作亂，猶鷦之翻飛爲大鳥也。鷦之所爲鳥，題肩也，或曰鴞，皆惡聲之鳥。未堪家多難，予又集于蓼。堪，任。予，我也。我又集于蓼，言辛苦也。箋云：集，會也。未任統理我國家衆難成之事，謂使周公居攝時也。我又會於辛苦，遇三監及淮夷之難也。

《小毖》一章，八句。

## 載芟

《載芟》，春藉田而祈社稷也。藉田，甸師氏所掌。王載耒耜所耕之田，天子千畝，諸侯百畝。藉之言借也，借民力治之，故謂之藉田。

載芟載柞，其耕澤澤。千耦其耘，徂隰徂畛。侯主侯伯，侯亞侯旅，侯彊侯以。除草曰芟。除木曰柞。畛，埸也。主，家長也。伯，長子也。亞，仲叔也。旅，子弟也。彊，彊力也。以，用也。箋云：載，始也。隰，謂新發田也。畛，謂舊田有徑路者。彊，有餘力者。《周禮》曰：「以彊予任民。」以，謂閒民，今時傭賃也。《春秋》之義，能東西之曰以。成王之時，萬民樂治田業，將耕，先始芟柞其草木，土氣烝達而和，耕之則澤澤然解散，於是耘除其根株。輩作者千耦，言趨時也。或往之隰，或往之畛。父子餘夫俱行，彊有餘力者相助，又取傭賃，務疾畢已當種也。有嗿其饁，思媚其婦，有依其士。嗿，衆貌。士，子弟也。



箋云：饁，饋饟也。依之言愛也。婦子來饋饟其農人於田野，乃逆而媚愛之。言勸其事，勞不自苦。有略其耜，俶載南畝。播厥百穀，實函斯活。略，利也。箋云：俶載當作熾菑。播，猶種也。實，種子也。函，含也。活，生也。農夫既耘除草木根株，乃更以利耜熾菑之，而後種，其種皆成好含生氣。驛驛其達，有厭其傑。厭厭其苗，緜緜其麃。達，射也。有厭其傑，言傑苗厭然特美也。麃，耘也。箋云：達，出地也。傑，先長者。厭厭其苗，衆齊等也。載穫濟濟，有實其積，萬億及秭。濟濟，難也。箋云：難者，穗衆難進也。有實，實成也。其積之乃萬億及秭，言得多也。爲酒爲醴，烝畀祖妣，以洽百禮。箋云：烝，進。畀，予。洽，合也。進予祖妣，謂祭先祖先妣也。以洽百禮，謂饗燕之屬。有飶其香，邦家之光。飶，芬香也。箋云：芬香之酒醴，饗燕賓客，則多得其歡心，於國家有榮譽。有椒其馨，胡考之寧。椒，猶飶也。胡，壽也。考，成也。箋云：寧，安也。以芬香之酒醴，祭於祖妣，則多得其福右。匪且有且，匪今斯今，振古如兹。且，此也。振，自也。箋云：匪，非也。振亦古也。饗燕祭祀，心非云且而有且，謂將有嘉慶，禎祥先來見也。

心非云今而有此今，謂嘉慶之事不問而至也。言脩德行禮，〔莫不〕獲報，乃古古而如此，所由來者久，非適今時。

《載芟》一章，三十一句。

## 良耜

《良耜》，秋報社稷也。

畟畟良耜，俶載南畝。播厥百穀，實函斯活。畟畟，猶測測也。箋云：良，善也。農人測測以利善之耜，熾菑是南畝也，種此百穀，其種皆成好含生氣，言得其時。或來瞻女，載筐及筥。其饟伊黍，其笠伊糾，其鎛斯趙，以薅荼蓼。笠，所以禦暑雨也。趙，刺也。蓼，水草也。箋云：瞻，視也。有來視女，謂婦子來饁者也。筐筥，所以盛黍也。豐年之時，雖賤者猶食黍。饁者，見戴糾然之笠，以田器刺地，薅去荼蓼之事。言閔其勤苦。荼蓼朽止，黍稷茂止。獲之挃挃，積之栗栗。其崇如墉，其比如櫛，以開百室。挃挃，獲聲也。栗栗，衆多也。墉，城也。箋云：百室，一族也。草穢既除而禾稼茂，禾稼茂而穀成孰，穀成孰而積聚多。如城也，如櫛也，以言積之高大，且相比迫也。其已治之，則百家開戶納之。千耦其耘，輩作尚衆也。一族同時納穀，親親也。百室者，出必共洫間而耕，入必共族中而居，又有祭酺合醵之歡。百室盈止，婦子寧止。殺時犉牡，有捄其角。以似以續，續古之人。黄牛黑脣曰犉。社稷之牛角尺。以似以續，嗣前歲，續往事也。箋云：捄，角貌。五穀畢入，婦子則安，無行饁之事，於是殺牲報祭社稷。嗣前歲者，復求有豐年也。續往事者，復以養人也。續古之人，求有良司穡也。

《良耜》一章，二十三句。



## 絲衣

《絲衣》，繹賓尸也。高子曰：「靈星之尸也。」繹，又祭也。天子諸侯曰繹，以祭之明日。卿大夫曰賓尸，與祭同日。周曰繹，商謂之彤。

絲衣其紑，載弁俅俅。自堂徂基，自羊徂牛。鼐鼎及鼒，絲衣，祭服也。紑，絜鮮貌。俅俅，恭順貌。基，門塾之基。自羊徂牛，言先小後大也。大鼎謂之鼐。小鼎謂之鼒。箋云：載，猶戴也。弁，爵弁也。爵弁而祭於王，士服也。繹禮輕，使士升門堂，視壺濯及籩豆之屬，降往於基，告濯具，又視牲，從羊之牛，反告充已，乃舉鼎冪告絜，禮之次也。鼎圜弇上謂之鼒。兕觥其觩，旨酒思柔。不吳不敖，胡考之休。吳，譁也。考，成也。箋云：柔，安也。繹之旅士用兕觥，變於祭也，飲美酒者皆思自安，不讙譁，不敖慢也，此得壽考之休徵。

《絲衣》一章，九句。

## 酌

《酌》，告成《大武》也。言能酌先祖之道，以養天下也。周公居攝六年，制禮作樂，歸政成王，乃後祭於廟而奏之。其始成告之而已。




於鑠王師，遵養時晦。時純熙矣，是用大介。鑠，美。遵，率。養，取。晦，昧也。箋云：純，大。熙，興。介，助也。於美乎文王之用師，率殷之叛國以事紂，養是闇昧之君以老其惡，是周道大興，而天下歸往矣，故有致死之士助之。我龍受之，蹻蹻王之造，載用有嗣。龍，和也。蹻蹻，武貌。造，爲也。箋云：龍，寵也。來助我者，我寵而受用之。蹻蹻之士皆爭來造王，王則用之。有嗣，傳相致。實維爾公允師。公，事也。箋云：允，信也。王之事，所以舉兵克勝者，實維女之事，信得用師之道。

《酌》一章，九句。

## 桓

《桓》，講武類禡也。桓，武志也。類也，禡也，皆師祭也。

綏萬邦，婁豐年，箋云：綏，安也。婁，亟也。誅無道，安天下，則亟有豐孰之年，陰陽和也。天命匪解。桓桓武王，保有厥士。于以四方，克定厥家。士，

事也。箋云：天命爲善不解倦者以爲天子，我桓桓有威武之武王，則能安有天下之事。此言其當天意也，於是用武事於四方，能定其家先王之業，遂有天下。**於昭于天，皇以間之。**間，代也。箋云：于，曰也。皇，君也。於明乎曰天也，紂爲天下之君，但由爲惡，天以武王代之。

**《桓》一章，九句。**

## 賚

**《賚》，大封於廟也。賚，予也，言所以錫予善人也。**大封，武王伐紂時，封諸臣有功者。

**文王既勤止，我應受之。敷時繹思，我徂維求定。**勤，勞。應，當。繹，陳也。箋云：敷，猶徧也。文王既勞心於政事，以有天下之業，我當而受之。敷是文王之勞心，能陳繹而行之。今我往以此求定，謂安天下也。**時周之命，於繹思。**箋云：勞心者，是周之所以受天命，而王之所由也。於女諸臣受封者陳繹而思行之，以文王之功業勑勸之。





**《賚》一章，六句。**

## 般

**《般》，巡守而祀四嶽河海也。**般，樂也。

**於皇時周，陟其高山，嶞山喬嶽，允猶翕河。**高山，四嶽也。嶞山，山之嶞嶞小者也。翕，合也。箋云：皇，君。喬，高。猶，圖也。於乎美哉，君是周邦而巡守，其所至則登其高山而祭之，望秩於山川。小山及高嶽，皆信案山川之圖而次序祭之。河言合者，河自大陸之北敷爲九，祭者合爲一。**敷天之下，裒時之對，時周之命。**裒，聚也。箋云：裒，衆。對，配也。徧天之下衆山川之神，皆如是配而祭之，是周之所以受天命而王也。

**《般》一章，七句。**

**《閔予小子之什》十一篇，十一章，百三十七句。**

# 毛詩卷第二十

## 駉詁訓傳第二十九　魯頌　鄭氏箋

### 駉

《駉》，頌僖公也。僖公能遵伯禽之法，儉以足用，寬以愛民，務農重穀，牧于坰野，魯人尊之，於是季孫行父請命于周，而史克作是頌。季孫行父，季文子也。史克，魯史也。

駉駉牡馬，在坰之野。駉駉，良馬腹幹肥張也。坰，遠野也。邑外曰郊，郊外曰野，野外曰林，林外曰坰。箋云：必牧於坰野者，辟民居與良田也。《周禮》曰：「以官田、牛田、賞田、牧田任遠郊之地。」薄言駉者，有驈有皇，有驪有黄，以車彭彭。牧之坰野，則駉駉然。驪馬白跨曰驈，黄白曰皇，純黑曰驪，黄騂曰黄。諸侯六閑，馬四種，有良馬，有戎馬，有田馬，有駑馬。彭彭，有力有容也。箋云：坰之牧地，水草既美，牧人又良，飲食得其時，則自肥健耳。思無疆，思馬斯臧。箋云：臧，善也。僖公之思遵伯禽之法，反覆思之，無有竟已，乃至於思馬斯善，多其所及廣博。

駉駉牡馬，在坰之野。薄言駉者，有騅有駓，有騂有騏，以車伾伾。蒼白雜毛曰騅。黄白雜毛曰駓。赤黄曰騂。蒼騏曰騏。伾伾，有力也。思無期，思馬斯才。才，多材也。

駉駉牡馬，在坰之野。薄言駉者，有驒有駱，有駵有雒，以車繹繹。青驪驎曰驒。白馬黑鬣曰駱。赤身黑鬣曰駵。黑身白鬣曰雒。繹繹，善走也。思無斁，思馬斯作。作，始也。箋云：斁，厭也。思遵伯禽之法，無厭倦也。作，謂牧之使可乘駕也。

駉駉牡馬，在坰之野。薄言駉者，有駰有騢，有驔有魚，以車祛祛。陰白雜毛曰駰。彤白雜毛曰騢。豪骭曰驔。二目白曰魚。祛祛，彊健也。思無邪，思馬斯徂。箋云：徂，猶行也。思遵伯禽之法，專心無復邪意也，牧馬使可走行。

《駉》四章，章八句。

## 有駜

《有駜》，頌僖公君臣之有道也。有道者，以禮義相與之謂也。

有駜有駜，駜彼乘黃。駜，馬肥彊貌。馬肥彊則能升高進遠，臣彊力則能安國。箋云：此喻僖公之用臣，必先致其禄食。禄食足，而臣莫不盡其忠。夙夜在公，在公明明。箋云：夙，早也。言時臣憂念君事，早起夜寐，在於公之所。在於公之所，但明義明德也。《禮記》曰：「大學之道，在明明德。」振振鷺，鷺于下。鼓咽咽，醉言舞，于胥樂兮。振振，羣飛貌。鷺，白鳥也，以興絜白之士。咽咽，鼓節也。箋云：于，於。胥，皆也。僖公之時，君臣無事則相與明義明德而已。絜白之士，羣集於君之朝，君以禮樂與之飲酒，以鼓節之，咽咽然至於無筭爵，則又舞燕樂以盡其歡，君臣於是則皆喜樂也。

有駜有駜，駜彼乘牡。夙夜在公，在公飲酒。言臣有餘敬，而君有餘惠。振振鷺，鷺于飛。鼓咽咽，醉言歸，于胥樂兮。箋云：飛，喻羣臣飲酒醉欲退也。





有駜有駜，駜彼乘駽。青驪曰駽。夙夜在公，在公載燕。箋云：載之言則也。自今以始，歲其有。君子有穀，詒孫子，于胥樂兮。歲其有，豐年也。箋云：穀，善。詒，遺也。君臣安樂，則陰陽和而有豐年，其善道則可以遺子孫也。

《有駜》三章，章九句。

## 泮水

《泮水》，頌僖公能脩泮宫也。

思樂泮水，薄采其芹。泮水，泮宫之水也。天子辟廱，諸侯泮宫。言水則采取其芹，宫則采取其化。箋云：芹，水菜也。言己思樂僖公之脩泮宫之水，復伯禽之法，而往觀之，采其芹也。辟廱者，築土雝水之外，圓如壁，四方來觀者均也。泮之言半也。半水者，蓋東西門以南通水，北無也。天子諸侯宫異制，因形然。魯侯戾止，言觀其旂。其旂茷茷，鸞聲噦噦。無小無大，從公于邁。戾，來。止，至也。言觀其旂，言法則其文章也。

茷茷，言有法度也。噦噦，言有聲也。箋云：于，往。邁，行也。我采泮水之芹，見僖公來至于泮宫。我則觀其旂茷茷然，鸞和之聲噦噦然。臣無尊卑，皆從君行而來。稱言此者，僖公賢君，人樂見之。

**思樂泮水，薄采其藻。魯侯戾止，其馬蹻蹻。其馬蹻蹻，其音昭昭。**其馬蹻蹻，言彊盛也。箋云：其音昭昭，僖公之德音。**載色載笑，匪怒伊教。**色温潤也。箋云：僖公之至泮宫，和顔色而笑語，非有所怒，於是有所教化也。

**思樂泮水，薄采其茆。魯侯戾止，在泮飲酒。既飲旨酒，永錫難老。**茆，鳧葵也。箋云：在泮飲酒者，徵先生君子，與之行飲酒之禮，而因以謀事也。已飲美酒，而長賜其難使老。難使老者，最壽考也。長賜之者，如《王制》所云「八十月告存，九十日有秩」者與？**順彼長道，屈此羣醜。**屈，收。醜，衆也。箋云：順，從。長，遠。屈，治。醜，惡也。是時淮夷叛逆，既謀之於泮宫，則從彼遠道往伐之，治此羣爲惡之人。



**穆穆魯侯，敬明其德。敬慎威儀，維民之則。允文允武，昭假烈祖。**假，至也。箋云：則，法也。僖公之行，民之所法傚也。僖公信文矣，爲脩泮宫也；信武矣，爲伐淮夷也。其聰明乃至於美祖之德，謂遵伯禽之法。**靡有不孝，自求伊祜。**箋云：祜，福也。國人無不法傚之者，皆庶幾力行，自求福禄。

**明明魯侯，克明其德。既作泮宫，淮夷攸服。**箋云：克，能。攸，所也。言僖公能明其德，脩泮宫而德化行，於是伐淮夷，所以能服也。**矯矯虎臣，在泮獻馘。淑問如臯陶，在泮獻囚。**囚，拘也。箋云：矯矯，武貌。馘，所格者之左耳。淑，善也。囚，所虜獲者。僖公既伐淮夷而反，在泮宫，使武臣獻馘。又使善聽獄之吏如臯陶者獻囚。言伐有功，所任得其人。

**濟濟多士，克廣德心。桓桓于征，狄彼東南。**桓桓，威武貌。箋云：多士，謂虎臣及如臯陶之屬。征，征伐也。狄當作剔。剔，治也。東南，斥淮夷。**烝烝皇皇，不吴不揚。不告于訩，在泮獻功。**烝烝，厚也。皇皇，美也。揚，傷也。箋云：烝烝猶進進也。皇皇，當作暀暀。暀暀，猶往往也。吴，譁也。訩，訟也。言多士之於伐淮夷，皆

勸之有進進往往之心，不譁嘩，不大聲。僖公還在泮宫，又無以争訟之事，告於治訟之官者，皆自獻其功。

**角弓其觩，束矢其搜。戎車孔博，徒御無斁。既克淮夷，孔淑不逆。**觩，弛貌。五十矢爲束。搜，衆意也。箋云：角弓觩然，言持弦急也。束矢搜然，言勁疾也。博當作傅。甚傅致者，言安利也。徒行者，御車者，皆敬其事，又無厭倦也。僖公以此兵衆伐淮夷而勝之，其士卒甚順軍法而善，無有爲逆者，謂堙井刊木之類。**式固爾猶，淮夷卒獲。**箋云：式，用。猶，謀也。用堅固女軍謀之故，故淮夷盡可獲服也。謀，謂度己之德，慮彼之罪，以出兵也。

**翩彼飛鴞，集于泮林。食我桑黮，懷我好音。**翩，飛貌。鴞，惡聲之鳥也。黮，桑實也。箋云：懷，歸也。言鴞恒惡鳴，今來止於泮水之木上，食其桑黮。爲此之故，故改其鳴，歸就我以善音。喻人感於恩則化也。**憬彼淮夷，來獻其琛。元龜象齒，大賂南金。**憬，遠行貌。琛，寶也。元龜，尺二寸。賂，遺也。南，謂荆揚也。箋云：大，猶







廣也。廣賂者，賂君及卿大夫也。荆揚之州，貢金三品。

《泮水》八章，章八句。

## 閟宫

《閟宫》，頌僖公能復周公之宇也。宇，居也。

**閟宫有侐，實實枚枚。**閟，閉也。先妣姜嫄之廟在周，常閉而無事。孟仲子曰：是禖宫也。侐，清静也。實實，廣大也。枚枚，礱密也。箋云：閟，神也。姜嫄神所依，故廟曰神宫。**赫赫姜嫄，其德不回。上帝是依，無災無害，彌月不遲。**上帝是依，依其子孫也。箋云：依，依其身也。彌，終也。赫赫乎顯著，薑嫄也。其德貞正不回邪，天用是馮依而降精氣，其任之又無災害，不坼不副，終人道十月而生子，不遲晚。**是生后稷，降之百福。黍稷重穋，稙穉菽麥。奄有下國，俾民稼穡。**先種曰稙，後種曰穉。箋云：奄，猶覆也。姜嫄用是而生子后稷，天神多與之福，以五穀終覆蓋天下，使民知稼穡之道。

言其不空生也。后稷生而名棄，長大，堯登用之，使居稷官，民賴其功。後雖作司馬，天下猶以后稷稱焉。**有稷有黍，有稻有秬。奄有下土，纘禹之緒。**緒，業也。箋云：秬，黑黍也。緒，事也。堯時洪水爲災，民不粒食，天神多予后稷以五穀。禹平水土，乃教民播種之，於是天下大有，故云纘禹之事也。美之，故申説以明之。

**后稷之孫，實維大王。居岐之陽，實始翦商。**翦，齊也。箋云：翦，斷也。大王自豳徙居岐陽，四方之民咸歸往之，於時而有王迹，故云是始斷商。**至于文、武，纘大王之緒。致天之屆，于牧之野。無貳無虞，上帝臨女。**虞，誤也。箋云：屆，殛。虞，度也。文王、武王繼大王之事，至受命致大平，天所以罰，殛紂於商郊牧野，其時之民，皆樂武王之如是，故戒之云：無有二心也，無復計度也。天視護女，至則克勝。**敦商之旅，克咸厥功。**箋云：敦，治。旅，衆。咸，同也。武王克殷而治商之臣民，使得其所，能同其功於先祖也。后稷、大王、文王，亦周公之祖考也。伐紂，周公又與焉，故述之以美大魯。

**王曰叔父，建爾元子，俾侯于魯。大啓爾宇，爲周室輔。**王，成王也。元，首。



宇，居也。箋云：叔父，謂周公也。成王告周公曰：叔父，我立女首子，使爲君於魯。謂欲封伯禽也。封魯公以爲周公後，故云「大開女居，以爲我周家之輔」。謂封以方七百里，欲其彊於衆國。**乃命魯公，俾侯于東，錫之山川，土田附庸。**箋云：東，東藩，魯國也。既告周公以封伯禽之意，乃策命伯禽，使爲君於東，加賜之以山川、土田及附庸，令專統之。《王制》曰：「名山大川不以封諸侯，附庸則不得專臣也。」**周公之孫，莊公之子，龍旂承祀，六轡耳耳，春秋匪解，享祀不忒。**周公之孫，莊公之子，謂僖公也。耳耳然至盛也。箋云：交龍爲旂。承祀，謂視祭事也。四馬，故六轡。春秋，猶言四時也。忒，變也。**皇皇后帝，皇祖后稷，享以騂犧，是饗是宜，降福既多。**騂，赤。犧，純也。箋云：皇皇后帝，謂天也。成王以周公功大，命魯郊祭天，亦配之以君祖后稷，其牲用赤牛純色，與天子同也。天亦饗之宜之，多予之福。**周公皇祖，亦其福女。**

**秋而載嘗，夏而楅衡。白牡騂剛，犧尊將將。毛炰胾羹，籩豆大房。萬舞洋洋，孝孫有慶。**諸侯夏禘則不礿，秋祫則不嘗，唯天子兼之。楅衡，設牛角以楅之也。白牡，周公牲也。騂剛，魯公牲也。犧尊，有沙飾也。毛炰，豚也。胾，

肉也。羹，大羹、鉶羹也。大房，半體之俎也。洋洋，衆多也。箋云：此皇祖謂伯禽也。載，始也。秋將嘗祭，於夏則養牲。楅衡其牛角，爲其觸觝人也。秋嘗而言始者，秋物新成，尚之也。大房，玉飾俎也。其制足間有横，下有柎，似乎堂後有房然。萬舞，干舞也。**俾爾熾而昌，俾爾壽而臧。保彼東方，魯邦是常。不虧不崩，不震不騰。三壽作朋，如岡如陵。**震，動也。騰，乘也。壽，考也。箋云：此皆慶孝孫之辭也。俾，使。臧，善。保，安。常，守也。虧、崩，皆謂毀壞也。震、騰，皆謂僭踰相侵犯也。三壽，三卿也。岡，陵，取堅固也。

**公車千乘，朱英緑縢，二矛重弓。**大國之賦千乘。朱英，矛飾也。縢，繩也。重弓，重於鬯中也。箋云：二矛重弓，備折壞也。兵車之法，左人持弓，右人持矛，中人御。**公徒三萬，貝冑朱綅，烝徒增增。**貝冑，貝飾也。朱綅，以朱綅綴之。增增，衆也。箋云：萬二千五百人爲軍，大國三軍，合三萬七千五百人。言三萬者，舉成數也。烝，進也。徒進行增增然。**戎狄是膺，荆舒是懲，則莫我敢承。**膺，當。承，止也。箋云：懲，艾也。僖公與齊桓舉義兵，北當戎與狄，南艾荆及羣舒，天下無敢禦之。**俾爾昌而熾，俾爾壽而富。黄髮台背，壽胥與試。**箋云：此慶僖公勇於用兵討有罪也。黄髮台背，皆壽徵也。胥，相也。壽而相與試，謂講氣力不衰倦。**俾爾昌而大，俾爾耆而艾。萬有千歲，眉壽無有害。**箋云：此又慶僖公勇於用兵，討有罪也。中時魯微弱，爲鄰國所侵削，今乃復其故，故喜而重慶之。俾爾，猶使女也。眉壽，秀眉亦壽徵。

**泰山巖巖，魯邦所詹。奄有龜蒙，遂荒大東，至于海邦，淮夷來同。莫不率從，魯侯之功。**詹，至也。龜，山也。蒙，山也。荒，有也。箋云：奄，覆。荒，奄也。大東，極東。海邦，近海之國也。來同，爲同盟也。率從，相率從於中國也。魯侯，謂僖公。

**保有鳧繹，遂荒徐宅。至于海邦，淮夷蠻貊。及彼南夷，莫不率從。莫敢不諾，魯侯是若。**鳧，山也。繹，山也。宅，居也。淮夷蠻貊，而夷行也。南夷，荆楚也。若，順也。箋云：諾，應辭也。是若者，是僖公所謂順也。

**天錫公純嘏，眉壽保魯。居常與許，復周公之宇。**常、許，魯南鄙、

西鄙。箋云：純，大也。受福曰嘏。許，許田也，魯朝宿之邑也。常或作嘗，在薛之旁。《春秋》魯莊公三十一年「築臺于薛」是與？周公有嘗邑，所由未聞也。六國時，齊有孟嘗君，食邑於薛。

**魯侯燕喜，令妻壽母。宜大夫庶士，邦國是有。既多受祉，黄髮兒齒。**箋云：燕，燕飲也。令，善也。僖公燕飲於内寢，則善其妻，壽其母，謂爲之祝慶也。與羣臣燕，則欲與之相宜，亦祝慶也。是有，猶常有也。兒齒，亦壽徵。

**徂來之松，新甫之柏，是斷是度，是尋是尺。**徂來，山也。新甫，山也。八尺曰尋。**松桷有舄，路寢孔碩。新廟奕奕，奚斯所作。**桷，榱也。舄，大貌。路寢，正寢也。新廟，閔公廟也。有大夫公子奚斯者，作是廟也。箋云：孔，甚。碩，大也。奕奕，姣美也。脩舊曰新。所新者姜嫄廟。僖公承衰廢之政，脩周公伯禽之教，故治正寢，上新姜嫄之廟。姜嫄之廟，廟之先也。奚斯作者，教護屬功課章程也。至文公之時，大室屋壞。**孔曼且碩，萬民是若。**曼，長也。箋云：曼，脩也，廣也。且，然也。國人謂之順也。

《閟宫》八章，二章章十七句，一章十二句，一章三十八句，二章章八句，二章章十句。



《駉》四篇，二十三章，二百四十三句。

# 那詁訓傳第三十　商頌　鄭氏箋

## 那

**《那》，祀成湯也。微子至于戴公，其間禮樂廢壞。有正考甫者，得《商頌》十二篇於周之大師，以《那》爲首。**禮樂廢壞者，君怠慢於爲政，不脩祭祀、朝聘、養賢、待賓之事，有司忘其禮之儀制，樂師失其聲之曲折，由是散亡也。自正考甫至孔子之時，又無七篇矣。正考甫，孔子之先也，其祖弗甫何，以有宋而授厲公。

**猗與那與，置我鞉鼓。**猗，歎辭。那，多也。鞉鼓，樂之所成也。夏后氏足鼓，殷人置鼓，周人縣鼓。箋云：置讀曰植。植鞉鼓者，爲楹貫而樹之。美湯受命伐桀，定天下而作《濩》樂，故歎之。多其改夏之制，乃始植我殷家之樂鞉與鼓也。鞉雖不植，貫而摇之，亦植之類。

**奏鼓簡簡，衎我烈祖。湯孫奏假，綏我思成。**衎，樂也。烈祖，湯有功烈之祖也。假，大也。箋云：奏鼓，奏堂下之樂也。烈祖，湯也。湯孫，大甲也。假，升。綏，安也。以金奏堂下諸縣，其聲和大簡簡然，以樂我功烈之祖成湯。湯孫大甲又奏升堂之樂，弦歌之，乃安我心所思而成之。謂神明來格也。《禮記》曰：「齊之日，思其居處，思其笑語，思其志意，思其所樂，思其所耆。齊三日，乃見其所爲齊者。祭之日，入室，僾然必有見乎其位；周旋出户，肅然必有聞乎其容聲；出户而聽，愾然必有聞乎其歎息之聲。」此之謂思成。

**鞉鼓淵淵，嘒嘒管聲。既和且平，依我磬聲。**嘒嘒然，和也。平，正平也。依，倚也。磬，聲之清者也，以象萬物之成。周尚臭，殷尚聲。箋云：磬，玉磬也。堂下諸縣，與諸管聲皆和平，不相奪倫，又與玉磬之聲相依，亦謂和平也。玉磬尊，故異言之。

**於赫湯孫，穆穆厥聲。庸鼓有斁，萬舞有奕。**於赫湯孫，盛矣，湯爲人子孫也。大鍾曰庸。斁斁然，盛也。奕奕然，閑也。箋云：穆穆，美也。於盛矣湯孫，呼大甲也。此樂之美其聲，鍾鼓則斁斁然有次序，其干舞又閑習。

**我有嘉客，亦不夷懌？自古在昔，先民有作。温恭朝夕，執事有恪。**夷，説也。先王稱之曰在古，古曰在昔，昔曰先民。有作，有所作也。恪，敬也。箋云：嘉客，謂二王後及諸侯來助祭者。我客之來助祭者，亦不説懌乎？言説懌也。乃大古而有此助祭之禮，禮非專於今也。其禮儀温温然恭敬，執事薦饌則又敬也。

**顧予烝嘗，湯孫之將。**

箋云：顧，猶念也。將，猶扶助也。嘉客念我殷家有時祭之事而來者，乃大甲之扶助也，序助者來之意也。

《那》一章，二十二句。

## 烈祖

《烈祖》，祀中宗也。中宗，殷王大戊，湯之玄孫也。有桑穀之異，懼而脩德，殷道復興，故表顯之，號爲中宗。

嗟嗟烈祖！有秩斯祜，申錫無疆，及爾斯所。既載清酤，賚我思成。秩，常。申，重。酤，酒。賚，賜也。箋云：祜，福也。賚讀如往來之來。嗟嗟乎我功烈之祖成湯，既有此王天下之常福，天又重賜之以無竟界之期，其福乃及女之此所。女，女中宗也。言承湯之業，能興之也。既載清酒於尊，酌以祼獻，而神靈來至。我致齊之所思則用成。重言嗟嗟，美歎之深。亦有和羹，既戒既平。鬷假無言，時靡有爭。綏我眉壽，黄耇無疆。戒，至。鬷，總。假，大也。總大無言，無爭也。箋云：和羹者，五味調，腥



熟得節，食之於人性安和，喻諸侯有和順之德也。我既祼獻，神靈來至，亦復由有和順之諸侯來助祭也。其在廟中既恭肅敬戒矣，既齊立平列矣，至于設薦進俎，又總升堂而齊一，皆服其職，勸其事，寂然無言語者，無爭訟者。此由其心平性和，神靈用之故，安我以壽考之福，歸美焉。約軝錯衡，八鸞鶬鶬。以假以享，我受命溥將。自天降康，豐年穰穰。八鸞鶬鶬，言文德之有聲也。假，大也。箋云：約軝，轂飾也。鸞在鑣，四馬則八鸞。假，升也。享，獻也。將，猶助也。諸侯來助祭者，乘篆轂金飾錯衡之車，駕四馬，其鸞鶬鶬然聲和。言車服之得其正也。以此來朝，升堂獻其國之所有，於我受政教，至祭祀又溥助我。言得萬國之歡心也。天於是下平安之福，使年豐。來假來饗，降福無疆。箋云：饗，謂獻酒使神饗之也。諸侯助祭者來升堂，來獻酒，神靈又下與我久長之福也。顧予烝嘗，湯孫之將。箋云：此祭中宗，諸侯來助之。所言湯孫之將者，中宗之饗此祭，由湯之功，故本言之。

《烈祖》一章，二十二句。

## 長發

《長發》，大禘也。大禘，郊祭天也。《禮記》曰「王者禘其祖之所自出，以其祖配之」，是謂也。

濬哲維商，長發其祥。洪水芒芒，禹敷下土方。外大國是疆，幅隕既長。濬，深。洪，大也。諸夏爲外。幅，廣也。隕，均也。箋云：長，猶久也。隕當作圓。圓，謂周也。深知乎維商家之德也，久發見其禎祥矣。乃用洪水，禹敷下土，正四方，定諸夏，廣大其竟界之時，始有王天下之萌兆，歷虞、夏之世，故爲久也。有娀方將，帝立子生商。有娀，契母也。將，大也。契生商也。箋云：帝，黑帝也。禹敷下土之時，有娀氏之國亦始廣大，有女簡狄，吞鳦卵而生契。堯封之於商，後湯王因以爲天下號，故云「帝立子生商」。

玄王桓撥，受小國是達，受大國是達。率履不越，遂視既發。玄王，契也。桓，大。撥，治。履，禮也。箋云：承黑帝而立子，故謂契爲玄王。遂，循也。發，行也。玄王廣大其政治，始堯封之商，爲小國，舜之末年，乃益其土地爲大國，皆能達其教令。使



其民循禮，不得踰越，乃遍省視之，教令則盡行也。相土烈烈，海外有截。相土，契孫也。烈烈，威也。箋云：截，整齊也。相土居夏后之世，承契之業，入爲王官之伯，出長諸侯，其威武之盛烈烈然，四海之外率服，截爾整齊。

帝命不違，至于湯齊。至湯與天心齊。箋云：帝命不違者，天之所以命契之事，世世行之，其德浸大，至於湯而當天心。湯降不遲，聖敬日躋。昭假遲遲，上帝是祗，帝命式于九圍。不遲，言疾也。躋，升也。九圍，九州也。箋云：降，下。假，暇。祗，敬。式，用也。湯之下士尊賢甚疾，其聖敬之德日進。然而以其德聰明寬暇天下之人遲遲然，言急於己而緩於人。天用是故愛敬之也，天於是又命之，使用事於天下。言王之也。

受小球大球，爲下國綴旒，何天之休。球，玉。綴，表。旒，章也。箋云：綴，猶結也。旒，旗之垂者也。休，美也。湯既爲天所命，則受小玉，謂尺二寸圭也。受大玉，謂珽也，長三尺。執圭搢珽，以與諸侯會同，結定其心，如旗之旒縿著焉。擔負天之美譽，爲衆所歸鄉。不競不絿，不剛不柔，敷政優優，百祿是遒。絿，急也。優優，和也。遒，聚也。

聚也。箋云：競，逐也。不逐，不與人爭前後。**受小共大共，爲下國駿厖，何天之龍。**共，法。駿，大。厖，厚。龍，和也。箋云：共，執也。小共、大共，猶所執搢小球、大球也。駿之言俊也。龍當作寵。寵，榮名之謂。**敷奏其勇，不震不動，不戁不竦，百祿是總。**戁，恐。竦，懼也。箋云：不震不動，不可驚憚也。

**武王載旆，有虔秉鉞，如火烈烈，則莫我敢曷。**武王，湯也。旆，旗也。虔，固。曷，害也。箋云：有之言又也。上既美其剛柔得中，勇毅不懼，於是有武功，有王德。及建旆興師出伐，又固持其鉞，志在誅有罪也。其威勢如猛火之炎熾，誰敢禦害我。**苞有三蘗，莫遂莫達。九有有截，**苞，本。蘗，餘也。箋云：苞，豐也。天豐大先三正之後世，謂居以大國，行天子之禮樂，然而無有能以德自遂達於天者，故天下歸鄉湯，九州齊壹截然。**韋顧既伐，昆吾夏桀。**有韋國者，有顧國者，有昆吾國者。箋云：韋，豕韋，彭姓也。顧、昆吾，皆己姓也。三國黨於桀惡。湯先伐韋、顧，克之。昆吾、夏桀則同時誅也。

**昔在中葉，有震且業。允也天子，降予卿士。**葉，世也。業，危也。箋云：中世，謂相土也。震，猶威也。相土始有征伐之威，以爲子孫討惡之業。湯遵而興之。信也天命而子之，下予之卿士。謂生賢佐也。《春秋傳》曰：「畏君之震，師徒橈敗。」**實維阿衡，實左右商王。**阿衡，伊尹也。左右，助也。箋云：阿，倚。衡，平也。伊尹，湯所依倚而取平，故以爲官名。商王，湯也。

《長發》七章，一章八句，四章章七句，一章九句，一章六句。

## 殷武

《殷武》，祀高宗也。

**撻彼殷武，奮伐荆楚。罙入其阻，裒荆之旅，**撻，疾意也。殷武，殷王武丁也。荆楚，荆州之楚國也。罙，深。裒，聚也。箋云：有鍾鼓曰伐。罙，冒也。殷道衰而楚人叛，高宗撻然奮揚威武，出兵伐之，冒入其險阻，謂踰方城之隘，克其軍率，而俘虜其士衆。**有**

截其所，湯孫之緒。箋云：緒，業也。所，猶處也。高宗所伐之處，國邑皆服其罪，更自敕整，截然齊壹，是乃湯孫大甲之等功業。

維女荆楚，居國南鄉。昔有成湯，自彼氐羌，莫敢不來享，莫敢不來王，曰商是常。鄉，所也。箋云：氐羌，夷狄國在西方者也。享，獻也。世見曰王。維女楚國，近在荆州之域，居中國之南方，而背叛乎？成湯之時，乃氐羌遠夷之國，來獻來見，曰商王是吾常君也。此所用責楚之義，女乃遠夷之不如。

天命多辟，設都于禹之績。歲事來辟，勿予禍適，稼穡匪解。辟，君。適，過也。箋云：多，衆也。來辟，猶來王也。天命乃令天下衆君諸侯立都於禹所治之功，以歲時來朝覲於我殷王者，勿罪過與之禍適，徒敕以勸民稼穡，非可解倦。時楚不脩諸侯之職，此所用告曉楚之義也。禹平水土，弼成五服，而諸侯之國定，是以云然。

天命降監，下民有嚴。不僭不濫，不敢怠遑。命于下國，封建厥福。嚴，敬也。不僭不濫，賞不僭，刑不濫也。封，大也。箋云：降，下。遑，暇也。天命乃下視下民，有嚴明之君，能明德慎罰，不敢怠惰自暇於政事者，則命之於小國，以爲天子。大立其福，謂命湯使由七十里王天下也。時楚僭號王位，此又所用告曉楚之義。



商邑翼翼，四方之極。赫赫厥聲，濯濯厥靈。壽考且寧，以保我後生。商邑，京師也。箋云：極，中也。商邑之禮俗翼翼然可則傚，乃四方之中正也。赫赫乎其出政教也，濯濯乎其見尊敬也，王乃壽考且安，以此全守我子孫。此又用商德重告曉楚之義。

陟彼景山，松柏丸丸。是斷是遷，方斲是虔。松桷有梴，旅楹有閑，寢成孔安。丸丸，易直也。遷，徙。虔，敬也。梴，長貌。旅，陳也。寢，路寢也。箋云：升景山，揄材木，取松柏易直者，斷而遷之，正斲於椹上，以爲桷與衆楹。路寢既成，王居之甚安。謂施政教得其所也。高宗之前王，有廢政教不脩寢廟者，高宗復成湯之道，故新路寢焉。

《殷武》六章，三章章六句，二章章七句，一章五句。

《那》五篇，十六章，百五十四句。